HIPPOCRENE CONCISE DICTIONARY

HUNGARIAN–ENGLISH
ENGLISH–HUNGARIAN

with complete phonetics

HIPPOCRENE BOOKS – NEW YORK

HIPPOCRENE CONCISE DICTIONARY
Hungarian – English/English – Hungarian
with complete phonetics

Edited by G. Takács

Revised by T. Magay

ISBN 0–87052–891–2

Produced for
HIPPOCRENE BOOKS, New York
by
KULTURA INTERNATIONAL, Budapest

Printed in Hungary

TABLE OF CONTENTS

PREFACE

We do not promise that – by using this dictionary – you will speak perfect Hungarian. But Hungarians will love you if you are able to utter a few Hungarian words.

On the other hand, *we guarantee you* that you will find in this dictionary all the words you really need during your stay in Hungary.

The words and phrases have been carefully selected. We could have offered you as few as 500 words – and you would miss many words that are essential for understanding and expressing the most important things. On the other hand, we could have offered as many as 5000 words or more – and put you in trouble when looking up the ones you really need. We are convinced that these 2500 words and expressions are just the right amount.

As a *second feature*: we offer you many editorial and typographical helps to find anything very easily in the dictionary.

We sincerely hope that its use will make your contacts easier and you will not feel lost because you do not speak Hungarian.

All necessary details are included in HOW TO USE THIS DICTIONARY? immediately following the Preface completed by a KEY TO PRONUNCIATION.

Right after the English–Hungarian part you will find the *various measures* that you may need during your trip presented with a completely new approach.

Finally, there are two more features unique for this dictionary: also following the English–Hungarian part of the dictionary there is *a selection of typical Hungarian dishes*; the names – grouped in the order of a menu – are followed by the pronunciation, then a short description of each dish.

Concluding this part of the dictionary there is a list of *Hungarian first names* that exist only in Hungarian.

HOW TO USE THIS DICTIONARY?

The dictionary contains not only the basic words but also important phrases and expressions, all in one single alphabetical order. Sentences starting with an interrogative or a preposition are ordered by their first letters. Others can be found under the word considered to be the most important one in the sentence. Negative sentences are arranged always under the relevant verb: e. g. *I don't have* under **have,** *I don't want* under **want.**

In certain phrases additional word or words are to be inserted as the situation requires. These have to be looked up separately then placed between the square brackets in place of the sample word(s) or dots.

To make the dictionary equally useful for tourists coming from any English speaking country it offers both versions whenever American and British English use two different words in the same meaning. If the same word is used with two different meanings the letters *US* or *GB* refer to the usage whose Hungarian equivalent is given. Spelling differences usually do not affect the alphabetical order; the letters missing in the American spelling from the generally longer British spelling are put in brackets. e. g. *colo(u)r*, *catalog(ue)*. If the difference is not that simple to mark but the word with the alternative spelling would immediately follow the other one in the dictionary, they are put side by side to save place: *theater*, *theatre*. In cases, however, when the difference does affect the alphabetical order, both versions appear separately, like **tire** between *tip* and *tired* and **tyre** at the very end of the letter **T.**

WORDS AND EXPRESSIONS IN CAPITALS mean that you are likely to meet them in **writing**, e. g. ÁLLJ! = Stop! on traffic sign posts. *Words in italics* signal that they will most likely be **spoken to you**: *Mi a neve?* = What is your name? (It might be a useful idea for the user to go through the dictionary beforehand and write out the sentences into a copybook –

perhaps in a grouping to his liking — so that they become somewhat familiar by the time they may be actually uttered to you by a Hungarian.

The dictionary uses various **signs** serving several purposes: 1. to avoid long explanations, 2. to combine two expressions, and 3. to enable the user to form a sentence as to his actual need.

/ marks a choice between two (occasionally more) words within one sentence: **my hands/feet are cold** = *my hands are cold* or *my feet are cold.*

( ) Words or part of words in round brackets can be disregarded or read together with the part in brackets without any difference in the meaning. e. g. **optimist(ic)** = *optimista* means that the Hungarian word is the same (i. e. *optimista*) for both *optimist* and *optimistic.*

/ / The word or words appearing between two virgules extend the meaning of the word or phrase. They usually appear at both sides and should be treated the same way. e. g. **fog/gy/** = *köd/ös/* can be read either as *fog* meaning *köd* or *foggy* meaning ködös. **Gypsy /music/** = *cigány /zene/* can be either *Gypsy* meaning *cigány* or *Gypsy music* = *cigányzene.*

[ ] The word or words (or sometimes only dots) in square brackets can be replaced by any other words that suit the situation. The rest of the sentence need not be changed. In the phrase **at [5] o'clock** e. g. it is up to the user to fit in the proper numeral.

... **Three bold dots** usually follow an English word and precede a Hungarian one. This means that the order of words (the one in the dictionary and the other in place of the dots) is just the opposite in the other language. e. g. **because of...** = **...** *miatt* should be treated like this: **because of** Peter = Péter **miatt.**

.... Dots at the end of a phrase — never a full sentence only a part — mean that it can be completed various ways. e. g. **I want to buy** .... can be supplemented by any object the user actually wants to buy.

If an English word is generally used in plural whereas the

Hungarian word in singular, the plural appears in round brackets: eye(s), ear(s). However, if the Hungarian word is also in plural, these brackets are omitted. Explanations are also in round brackets but always in italics.

Pronunciation. You will be surprised to find that Hungarian pronunciation and/or reading Hungarian is by far not so terrible as you may have presumed. At any rate: we do our best to make it as easy for you as possible. Therefore, only letters of the English alphabet are used.

The majority of the **consonants** b, d, f, h, k, l, m, n, r, t, v, z sounds exactly (or roughly) so as in English. There are additional sounds that are common in English, only that Hungarian uses a different letter for them, e. g. *s* for sh, *c* for ts, *cs* for tch, etc. Three sounds exist in British pronunciation only: *gy*, *ny*, *ty* (dy, ny, ty) denote the sound in *d*ue, *d*uty; Ke*ny*a, *n*ew; *t*ube, *t*une.

It shall be noted here that a *double consonant* (bb, dd, gg, etc.) has a totally different function in Hungarian as compared with English or German. Contrary to these where they are always pronounced short making the preceding vowel sound also short (cf. n*odd*ed — n*ot*ed, l*att*er — l*at*er), in Hungarian they have absolutely no effect on the preceding vowel and are to be pronounced always long; e. g. me*ll*é (= me*l*-*l*ay).

The **vowels** may be troublesome here and there as some of them are unknown in English. An important feature is that they all appear in pairs: for each vowel there is a short and a long version: **a** *(ah)* sounds similar to *o* in *o*ven or g*o*ne (British pronunciation!); **á** as in c*a*r, f*a*r; **e** as in t*e*n, g*e*t; **é** *(ay)* as in h*ay*, l*a*ne; **i** as in h*i*t, k*i*t; **í** *(ee)* as in h*ee*d, n*ee*d; **o** as in b*o*y, h*o*rn; **ó** is nearest to English *o*, in g*o*, n*o* (especially in American pronunciation); **u** *(oo)* as in b*oo*k, l*oo*k; **ú** as in sch*oo*l, f*oo*d; **ő** is very similar to the sound in b*i*rd, t*u*rn, etc. or German S*ö*hne; **ö** is its shorter pair, e. g. in German k*ö*nnen, K*ö*ln; **ü** / **ű** exist in German or French: *ü* as in K*ü*ste, d*ü*nn; *ű* as in T*ü*r, k*ü*hl or r*ue*. Each letter denoting a vowel is pronounced always the same way regardless whether it is in a stressed or

unstressed syllable: e. g. *é* (ay) sounds the same way in *é*let, besz*é*d or belen*é*z.
To help the users pronounce the Hungarian word easier and correctly they are divided into syllables in the phonetic transcription.

Concluding this part here is a quick exercise in short and long Hungarian sounds:

p*at*ak pah-tahk = short vowel + short consonant
p*att*an paht-tahn = short vowel + long consonant
l*át*om lá-tom = long vowel + short consonant
l*átt*am lát-tahm = long vowel + long consonant

A complete **key to pronunciation** is immediately following.

Stress is always on the first syllable. Since stress is permanent, it is not marked in the dictionary. Stress does not alter the sound to the slightest degree, it only makes it emphatic. And beyond that, each letter has to be sounded and all of them have to be pronounced the same way in every position. Thus e. g. **g** is always hard as in *gate*, *get* or *give*; **c** is always *ts* and sounds never as in English *c*an or *c*ent.

Grammar. As a matter of course, this dictionary does not intend to be a Hungarian grammar as well. Some simple rules, however, can be remembered and so they can assist the user to make up for the lack of grammatical knowledge.

1. *The plural of nouns* has the ending **-k** just like *-s* in English: kapu-gate : kapu**k**-gate**s**. With nouns ending in consonants a connecting vowel appears: irat — irat-**o**-**k** (cf. English box — box-**e**-**s**).

2. For the *accusative* a **t** is always added; sometimes a connecting vowel appears also here: Nom. kapu, irat
Acc. kapu-**t**, irat-**o**-**t**

3. *Verbs* appear in the infinitive in this dictionary. In Hungarian it has the ending **-ni**. (Cf. English *to* preceding the verbs.) If you cut off this *-ni*, what remains is the 3rd person singular in Present Tense, but this form is also used for politely addressing people, usually preceded by the pronoun *Ön*; e. g. ír-ni : *ír* = he writes or *(Ön) ír* = you write.

The verbs *be* and *go* are irregular also in Hungarian.

KEY TO PRONUNCIATION

Hungarian letter:	Phonetic symbol:	English sample word for the sound:
a	**ah**	c*u*t, h*u*t
á	**á**	c*a*r, f*a*r
b	**b**	*b*ed, *b*it
c	**ts**	ca*ts*, bi*ts*
cs	**tch**	*ch*eek, wi*tch*
d	**d**	*d*o, *d*irt
e	**e**	t*e*n, g*e*t
é	**ay**	c*a*ke, b*ay*
f	**f**	*f*ig, *f*ur
g	**g**	*g*et, *g*un
gy	**dy**	*d*ue, *d*uty
h	**h**	*h*en, *h*it
i	**i**	h*i*t, s*i*ck
í	**ee**	n*ee*d, l*ea*d
j, ly	**y**	*y*es, *y*ou
k	**k**	*k*id, *k*it
l	**l**	*l*eg, *l*ot
m	**m**	*m*ore, *m*en
n	**n**	*n*et, *n*o
ny	**ny**	Ke*ny*a, *n*ew
o	**o**	b*o*y, h*o*rn
ó	**ó**	t*o*re, g*oa*l
ö	**ö**	k*ö*nnen
ő	**ő**	b*i*rd, t*u*rn

Hungarian sample words for the sound:	Pronunciation:
alma, kakas	ahl-mah, kah-kahsh
hálás, banán	há-lásh, bah-nán
baba, banán	bah-bah, bah-nán
cukor, vicc	tsoo-kor, vits
csak, vacsora	tchahk, vah-tcho-rah
darab, vadállat	dah-rahb, vahd-ál-laht
emelet, bezárni	e-me-let, be-zár-ni
édes, elég	ay-desh, e-layg
futni, fehér	foot-ni, fe-hayr
gáz, még	gáz, mayg
gyufa, hagyni	dyoo-fah, hahdy-ni
három, vihar	há-rom, vi-hahr
hitel, virág	hi-tel, vi-rág
híd, víz	heed, veez
jég, lyuk	yayg, yook
kacsa, kávé	kah-tchah, ká-vay
lány, levegő	lány, le-ve-gő
mód, menni	mőd, men-ni
nem, nagy	nem, nahdy
nyár, lány	nyár, lány
bor, torok	bor, to-rok
tó, háló	tó, há-ló
köd, zöld	köd, zöld
kő, erős	kő, e-rősh

Hungarian letter:	Phonetic symbol:	English sample word for the sound:
p	**p**	*p*et, *p*in
r	**r**	*r*ed, *r*ing
s	**sh**	*sh*eep, *sh*y
sz	**s**	*s*ing, *s*it
t	**t**	*t*en, *t*ape
ty	**ty**	t*ube, t*une
u	**oo**	h*oo*k, f*oo*t
ú	**ú**	f*oo*d, m*oo*n
ü	**ü**	d*ü*nn
ű	**ű**	k*ü*hl, r*ue*
v	**v**	*v*an, *v*et
z	**z**	*z*oo, *z*ip
zs	**zh**	plea*s*ure, mea*s*ure

Hungarian sample words for the sound:	Pronunciation:
lámpa, patak	lám-pah, pah-tahk
rend, rizs	rend, rizh
síp, sál	sheep, shál
szó, kész	só, kays
tenger, tépni	ten-ger, tayp-ni
tyúk, kutya	tyúk, koo-tyah
puha, tudni	pŏo-hah, tŏod-ni
hús, húsz	húsh, hús
tükör, szürke	tü-kör, sür-ke
fű, hűvös	fű, hű-vösh
van, kávé	vahn, ká-vay
zöld, kéz	zöld, kayz
zsír, rizs	zheer, rizh

ABBREVIATIONS
used in this dictionary

abbr.	abbreviated
adj.	adjective
adv.	adverb
colloq.	colloquial
conj.	conjunction
GB	British English usage
pl.	plural
sb.	somebody
sing.	singular
sth.	something
US	American English usage

THE 12 MONTHS OF THE YEAR

January	január	yah-noo-ár
February	február	feb-roo-ár
March	március	már-tsi-oosh
April	április	áp-ri-lish
May	május	má-yoosh
June	június	yú-ni-oosh
July	július	yú-li-oosh
August	augusztus	aoo-goos-toosh
September	szeptember	sep-tem-ber
October	október	ok-tó-ber
November	november	no-vem-ber
December	december	de-tsem-ber

HOLIDAYS IN HUNGARY

JANUARY 1	New Year's Day
MARCH 15	Commemoration of the Revolution in 1848
MARCH or APRIL	Easter
MAY 1	Labour Day
AUGUST 20	St. Stephen, first king of Hungary
OCTOBER 23	Day of the Republic
DECEMBER 25–26	Christmas

A

a, an
egy
edy

able
képes
kay-pesh

I am not **able** to walk.
Nem tudok járni.
nem too-dok yár-ni

above [my head]
[fejem] felett
fe-yem fe-lett

it's **above**
fent van
fent vahn

abroad
1. *(direction)* külföldre
2. *(position)* külföldön
kül-föld-re, kül-föl-dön

academic year
tanév
tahn-ayv

to accept
elfogadni
el-fo-gahd-ni

I cannot **accept** it.
Nem fogadhatom el.
nem fo-gahd-hah-tom el

accident
baleset
bahl-e-shet

accommodation
szállás
sál-lásh

acquaintance *(person)*
ismerős
ish-me-rősh

actor
színész
see-nays

actress
színésznő
see-nays-nő

address
cím
tseem

to address
megcímezni
meg-tsee-mez-ni

admission price
belépődíj
be-lay-pő-deey

advance booking
jegyelővétel
yedy-e-lő-vay-tel
advertisement
hirdetés
hir-de-taysh
Africa
Afrika
ahf-ri-kah
after [...]
[...] után
oo-tán
after [breakfast]
[reggeli] után
reg-ge-li oo-tán
after you
Ön után
ön oo-tán
afternoon
délután
dayl-oo-tán
in the **afternoon**
délután
dayl-oo-tán
this **afternoon**
ma délután
mah dayl-oo-tán
after-shave lotion
borotválkozás utáni arcvíz
bo-rot-vál-ko-zásh oo-tá-ni ahrts-veez

afterwards
azután
ahz-oo-tán

again
újra
új-rah

against ...
... ellen
el-len

age
kor
kor

ago
ezelőtt
ez-e-lőtt

to agree
1. *(to sth)* beleegyezni
be-le-e-dyez-ni
2. *(with sb)* egyetérteni
e-dyet-ayr-te-ni

I **agree** with you.
Egyetértek Önnel.
e-dyet-ayr-tek ön-nel

Do you **agree**?
Egyetért?
e-dyet-ayrt

agreement
megállapodás
meg-ál-lah-po-dásh

agriculture
mezőgazdaság
me-ző-gahz-dah-shág

agricultural
mezőgazdasági
me-ző-gahz-dah-shá-gi

aim
cél
tsayl

air
levegő
le-ve-gő

AIR MAIL
légiposta
lay-gi-posh-tah

airplane
repülő(gép)
re-pü-lő-gayp

airport
repülőtér
re-pü-lő-tayr

airport bus
repülőtéri busz
re-pü-lő-tay-ri boos

alcohol
alkohol
ahl-ko-hol

alcoholic drink
szeszes ital
se-sesh i-tahl

all
minden
min-den

all day/night
egész nap/éjjel
e-gays nahp/ay-yel

all right
rendben van
rend-ben vahn

to allow
megengedni
meg-en-ged-ni

Please, **allow** me to…
Kérem, engedje meg, hogy…
kay-rem en-ged-dye meg hody

almond
mandula
mahn-doo-lah

almost
majdnem
mahyd-nem

alone
egyedül
e-dye-dül

already
már
már

also
is
ish

altar
oltár
ol-tár
always
mindig
min-dig
I **am** (*see* also under *be*)
vagyok
vah-dyok
a. m. *(in the morning)*
délelőtt (*abbr.* de.)
dayl-e-lőtt
A. M. *(radio)*
középhullám
kö-zayp-hool-lám
AMBULANCE
mentők
men-tők
Call the **ambulance**!
Hívja a mentőket!
heev-yah ah men-tő-ket
America
Amerika
ah-me-ri-kah
American
amerikai
ah-me-ri-kah-i
among
között
kö-zött
amount
összeg
ös-seg
amusement
szórakozás
só-rah-ko-zásh
amusing
szórakoztató
só-rah-koz-tah-tó
and
és
aysh
and so on
és így tovább
aysh eedy to-vább
animal
állat
ál-laht
ankle
boka
bo-kah
answer
felelet
fe-le-let
to answer
felelni
fe-lel-ni
ANTIQUE SHOP
régiségbolt
ray-gi-shayg-bolt

anybody
bárki
bár-ki
anything
bármi
bár-mi
anywhere
bárhol
bár-hol
apartment ***(US)***
lakás
lah-kásh
to apologize
elnézést kérni
el-nay-zaysht kayr-ni
I **apologize** for [being late].
Elnézést a [késésért].
el-nay-zaysht ah kay-shay-shayrt
to applaude
tapsolni
tahp-shol-ni
applause
taps
tahpsh
apple
alma
ahl-mah
approximately **(*abbr.* approx.)**
körülbelül (kb)
kö-rül-be-lül
apricot
(sárga)barack
shár-gah-bah-rahtsk
to approach
közeledni
kö-ze-led-ni
Are we **approaching** .... ?
Közeledünk ....-hez?
kö-ze-le-dünk ....-hez
arm
kar
kahr
army
hadsereg
hahd-she-reg
aroma
íz, aroma
eez, ah-ro-mah
around [the house]
[a ház] körül
ah ház kö-rül
arrival
érkezés
ayr-ke-zaysh
asparagus
spárga
shpár-gah
association
egyesület
e-dye-shü-let

at [ten] a. m./p. m.
délelőtt/este [tíz]-kor
dayl-e-lőtt/esh-te teez-kor

at any time
bármikor
bár-mi-kor

at first
először
e lő sör

at [8] o'clock
[8] órakor
nyolts ó-rah-kor

at home
otthon
ott-hon

Atlantic Ocean
Atlanti-óceán
aht-lahn-ti ó-tse-án

at least
legalább
leg-ah-lább

at most
legfeljebb
leg-fel-yebb

at once
azonnal
ah-zon-nahl

at the same time
egyidejűleg
edy-i-de-yű-leg

attention
figyelem
fi-dye-lem

Attention, please!
Figyelem, figyelem!
fi-dye-lem

aunt
nagynéni
nahdy-nay-ni

Australia
Ausztrália
aoost-rá-li-ah

Austria
Ausztria
aoost-ri-ah

Austrian
osztrák
ost-rák

author
szerző
ser-ző

automatic
automatikus
aoo-to-mah-ti-koosh

autumn
ősz
ős

average
átlag
át-lahg

B

baby
kisbaba
kish-bah-bah

back
1. *(noun)* hát
2. *(adv.)* vissza
hát, vis-sah

backwards
visszafelé
vis-sah-fe-lay

bacon
szalonna
sah-lon-nah

bacon and eggs
sonka tojással
shon-kah to-yásh-shahl

bad
rossz
ross

bag
zacskó
zahtch-kó

baggage
poggyász
pody-dyás

to bake
sütni
shüt-ni

baked
sült
shült

BAKER'S/BAKERY
pékség
payk-shayg

balcony
erkély
er-kay

bald
kopasz
ko-pahs

ball
labda
lahb-dah

ballet
balett
bah-lett

ball-point pen
golyóstoll
go-yósh-toll

banana
banán
bah-nán

to bandage [a wound]
[sebet] bekötözni
she-bet be-kö-töz-ni

BANK
1. *(money)* bank
2. *(river)* part
bahnk, pahrt
banknote
bankjegy
bahnk-yedy
banquet
bankett
bahn-kett
BARBER
borbély
bor-bay
bargain
alkalmi vétel
ahl-kahl-mi vay-tel
basement
alagsor
ah-lahg-shor
basin
mosdókagyló
mosh-dó-kahdy-ló
basis
alap
ah-lahp
basket
kosár
ko-shár
basketball
kosárlabda
ko-shár-lahb-dah
bath
fürdő
für-dő
to have a **bath**
fürödni
fü-röd-ni
bathroom
fürdőszoba
für-dő-so-bah
with/without **bathroom**
fürdőszobával/fürdőszoba nélkül
für-dő-so-bá-vahl
für-dő-so-bah nayl-kül
Have you got a **bathroom**?
Fürdőszoba van?
für-dő-so-bah vahn?
May I see the **bathroom**?
Megnézhetem a fürdőszobát?
meg-nayz-he-tem ah für-dő-so-bát
bathrobe
fürdőköpeny
für-dő-kö-peny
bath-towel
fürdőlepedő
für-dő-le-pe-dő
bathtub
fürdőkád
für-dő-kád

to bathe
fürödni
fü-röd-ni

bathing-suit
fürdőruha
für-dő-roo-hah

battery
elem
e-lem

to be
lenni
len-ni

Be careful!
Légy óvatos!
laydy ó-vah-tosh

I **am** American/British
amerikai/angol vagyok
ah-me-ri-kah-i/ahn-gol vah-dyok

I **am** hungry/thirsty/tired
éhes/szomjas/fáradt vagyok
ay-hesh/som-yahsh/fá-rahtt vah-dyok

I **am** well/all right
jól/rendben vagyok
yól/rend-ben vah-dyok

I **am** in trouble.
Bajban vagyok.
bahy-bahn vah-dyok

I **am** [20] years old
[20] éves vagyok
20 ay-vesh vah-dyok

We **are** two/three
Ketten/Hárman vagyunk
ket-ten/hár-mahn vah-dyoonk

Are you injured?
Megsérült?
meg-shay-rült

Have you ever been in [the States]?
Volt már az [USA]-ban?
volt már ahz oo-shá-bahn

He **is** not in /at the moment/.
/Jelenleg/ nincs bent.
ye-len-leg nintch bent

When **will** he **be** back?
Mikor jön vissza?
mi-kor yön vis-sah

I'**ll be** back in [...] hours.
[...] óra múlva itt vagyok.
...ó-rah múl-vah itt vah-dyok

beach
strand
shtrahnd

bean
bab
bahb

bear
medve
med-ve
to bear
elviselni
el-vi-shel-ni
beard
szakáll
sah-káll
beautiful
szép
sayp
beauty parlor
kozmetika
koz-me-ti-kah
because
mert
mert
because of…
… miatt
mi-ahtt
to become
lenni
len-ni
bed
ágy
ády
bed-clothes
ágynemű
ády-ne-mű
bedroom
hálószoba
há-ló-so-bah
bed-sheet
lepedő
le-pe-dő
beef
marhahús
mahr-hah-húsh
beer
sör
shör
before [lunch]
[ebéd] előtt
e-bayd e-lőtt
I **beg** your pardon!
Bocsánatot kérek!
bo-tchá-nah-tot kay-rek
beggar
koldus
kol-doosh
to begin
kezdeni
kez-de-ni
beginning
kezdet
kez-det
behind …
… mögött
mö-gött

Belgium
Belgium
bel-gi-oom
to believe
hinni
hin-ni
I don't **believe** it
Nem hiszem el.
nem hi-sem el
Believe me!
Higgyen nekem!
hidy-dyen ne-kem
believer
hívő
hee-vő
bell
csengő
tchen-gő
belles-lettres
szépirodalom
sayp-i-ro-dah-lom
belly
has
hahsh
[it] **belongs** to me
[ez] az enyém
ez ahz e-nyaym
Does this **belong** to you?
Ez az Öné?
ez ahz ö-nay
belongings
holmi
hol-mi
below
lent
lent
belt
öv
öv
beneath [the table]
[az asztal] alatt
ahz ahs-tahl ah-lahtt
beside [you]
[Ön] mellett
ön mel-lett
besides
azon kívül
ah-zon kee-vül
best
legjobb
leg-yobb
All the **best** (to you)!
A legjobbakat!
ah leg-yob-bah-kaht
better
jobb
yobb
It would be **better** if ....
Jobb lenne, ha ....
yobb len-ne hah

between [the two parties]
a [két fél] között
ah kayt fayl kö-zött

between him and me
közte és énközöttem
köz-te aysh ayn-kö-zöt-tem

beverage
ital
i-tahl

BEWARE OF THE DOG!
Vigyázz, a kutya harap!
vi-dyázz ah koo-tyah hah-rahp

beyond
túl
túl

Bible
Biblia
bib-li-ah

bicycle
bicikli
bi-tsik-li

big
nagy
nahdy

bigger
nagyobb
nah-dyobb

bill
számla
sám-lah

The **bill**, please!
Fizetek!
fi-ze-tek

bill of fare
étlap
ayt-lahp

bird
madár
mah-dár

birth
születés
sü-le-taysh

birth date (date of birth)
születési ideje
sü-le-tay-shi i-de-ye

birthday
születésnap
sü-le-taysh-nahp

Happy **birthday** to you!
Boldog születésnapot!
bol-dog sü-le-taysh-nah-pot

bitter
keserű
ke-she-rű

black
fekete
fe-ke-te

black and white (*abbr.*: B/W)
fekete-fehér
fe-ke-te-fe-hayr

black pepper
fekete bors
fe-ke-te borsh

Black Sea
Fekete-tenger
fe-ke-te-ten-ger

blanket
takaró
tah-kah-ró

Please give me one more **blanket!**
Kérem adjon még egy takarót!
kay-rem ahd-yon mayg edy tah-kah-rót

bleeding
vérzés
vayr-zaysh

blind
vak
vahk

BLOCK LETTERS, PLEASE
Nyomtatott betűkkel!
nyom-tah-tott be-tűk-kel

blond(e)
szőke
ső-ke

blood
vér
vayr

blood pressure
vérnyomás
vayr-nyo-másh

I have high/low **blood pressure**
Magas/alacsony a vérnyomásom
mah-gahsh/ah-lah-tchony ah vayr-nyo-má-shom

bloody
véres
vay-resh

blouse
blúz
blúz

blow-out ***(flat tire)***
defekt
de-fekt

blue
kék
kayk

BOARDING CARD
beszálló kártya
be-sál-ló kár-tyah

boat
1. csónak **2.** *(ship)* hajó
tchó-nahk, hah-yó

boat-trip
hajókirándulás
hah-yó-ki-rán-doo-lásh

body
test
tesht

soft/hard **boiled egg**
lágy/kemény tojás
lády/ke-mayny to-yásh

bone
csont
tchont

book
könyv
könyv

BOOKSHOP/ BOOKSTORE
könyvesbolt
köny-vesh-bolt

to book a flight/a ticket
repülőjegyet/jegyet venni
re-pü-lő-ye-dyet/ye-dyet venni

booking office
jegypénztár
yedy-paynz-tár

boot *(car: GB)*
csomagtartó
tcho-mahg-tahr-tó

booth
fülke
fül-ke

border
határ
hah-tár

border-station
határállomás
hah-tár-ál-lo-másh

boss
főnök
fő-nök

bottle
palack
pah-lahtsk

bottom
fenék
fe-nayk

at the **bottom**
fenekén
fe-ne-kayn

box
doboz
do-boz

box office
pénztár
paynz-tár

boxing
boksz
boks

boy
fiú
fi-ú

boy-scout
cserkész
tcher-kays

bra
melltartó
mell-tahr-tó
braces
nadrágtartó
nahd-rág-tahr-tó
bracelet
karkötő
kahr-kö-tő
brain
agy
ahdy
brake
fék
fayk
branch *(tree)*
ág
ág
brandy
konyak
ko-nyahk
brave
derék
de-rayk
bread
kenyér
ke-nyayr
breaded …
rántott …
rán-tott
to break
törni
tör-ni
breakfast
reggeli
reg-ge-li
breast
mell
mell
breath
lélegzet
lay-leg-zet
to breathe
lélegzeni
lay-leg-ze-ni
brick
tégla
tayg-lah
bride
menyasszony
meny-ahs-sony
bridegroom
vőlegény
vő-le-gayny
bridge
híd
heed
briefcase
aktatáska
ahk-tah-tásh-kah

bright
világos
vi-lá-gosh
to bring
hozni
hoz-ni
Bring me/us ....
Hozzon nekem/nekünk ....
hoz-zon ne-kem/ne-künk
British
brit, angol
brit, ahn-gol
broad
széles
say-lesh
broken
törött
tö-rött
brother
testvér
tesht-vayr
brown
barna
bahr-nah
brush
kefe
ke-fe
Brussels
Brüsszel
brüs-sel
buffet
büfé
bü-fay
to build
építeni
ay-pee-te-ni
building
épület
ay-pü-let
bulb
villanyégő
vil-lahny-ay-gő
Bulgaria
Bulgária
bool-gá-ri-ah
BUREAU DE CHANGE
pénzváltás
paynz-vál-tásh
bus
busz
boos
bus stop
buszmegálló
boos-meg-ál-ló
business
üzlet
üz-let
I am travelling on **business**
üzleti ügyben utazom
üz-le-ti üdy-ben oo-tah-zom

BUSINESS HOURS
félfogadási idő
fayl-fo-gah-dá-shi i-dő
busy
1. *(person)* elfoglalt
2. *(street)* forgalmas
el-fog-lahlt, for-gahl-mahsh
but
de
de
butcher
hentes
hen-tesh
butter
vaj
vahy
buttermilk
író
ee-ró
button
gomb
gomb
to buy
vásárolni
vá-shá-rol-ni
I want to **buy** an [....]
Akarok venni egy [....]
ah-kah-rok ven-ni edy
buyer
vásárló
vá-shár-ló
by
által
ál-tahl
by air/train
repülővel/vonattal
re-pü-lő-vel/vo-naht-tahl

C

cab
taxi
tahk-si

cabbage
káposzta
ká-pos-tah

cable
távirat
táv-i-raht

to send a **cable**
táviratozni
tá-vi-rah-toz-ni

cafeteria
kisvendéglő
kish-ven-dayg-lő

cake
sütemény
shü-te-mayny

calendar
naptár
nahp-tár

calf
borjú
bor-yoo

telephone **call**
telefonhívás
te-le-fon-hee-vásh

to call
hívni
heev-ni

Call a doctor/the police!
Hívjon orvost/rendőrt!
heev-yon or-vosht/rend-őrt

Would you **call** this number for me!
Felhívná nekem ezt a számot?
fel-heev-ná ne-kem ezt ah sá-mot

to call up
felhívni
fel-heev-ni

camel
teve
te-ve

camera
fényképezőgép
fayny-kay-pe-ző-gayp

to camp
kempingezni
kem-pin-gez-ni

Can we **camp** here?
Lehet itt kempingezni?
le-het itt kem-pin-gez-ni

CAMPING AREA
kemping
kem-ping
Can you give me [...]
Tud adni nekem [...]
tood ahd-ni ne-kem
Can I stop here?
Megállhatok itt?
meg-ál-hah-tok itt
Canada
Kanada
kah-nah-dah
I am from **Canada**.
Kanadai vagyok.
kah-nah-dah-i vah-dyok
Canadian
kanadai
kah-nah-dah-i
to cancel
törölni
tö-röl-ni
CANCELLED
törölve
tö-röl-ve
The flight is **cancelled**.
A járat törölve.
ah yá-raht tö-röl-ve
cancer
rák
rák
candy
cukorka
tsoo-kor-kah
CANDYSTORE
édességbolt
ay-desh-shayg-bolt
canned food
konzerv
kon-zerv
can-opener
konzervnyitó
kon-zerv-nyi-tó
cantaloup
sárgadinnye
shár-gah-diny-nye
canteen
üzemi étkező
ü-ze-mi ayt-ke-ző
cap
sapka
shahp-kah
capital *(city)*
főváros
fő-vá-rosh
capital letter
nagybetű
nady-be-tű
captain
kapitány
kah-pi-tány

car
autó, kocsi
aoo-tó, ko-tchi
by **car**
autóval, kocsival
aoo-tó-vahl, ko-tchi-vahl
car battery
akkumulátor
ahk-koo-moo-lá-tor
car mechanic
autószerelő
aoo-tó-se-re-lő
car park
autóparkoló
aoo-tó-pahr-ko-ló
CAR RENT
autókölcsönző
aoo-tó-köl-tchön-ző
car wash(ing)
autómosás
aoo-tó-mo-shásh
caravan
lakókocsi
lah-kó-ko-tchi
card
kártya
kár-tyah
visiting **card**
névjegy
nayv-yedy
care
gondoskodás
gon-dosh-ko-dásh
Take **care**!
Vigyázz magadra!
vi-dyázz mah-gahd-rah
I don't **care**!
Nem érdekel!
nem ayr-de-kel
careful
óvatos
ó-vah-tosh
carefully
óvatosan
ó-vah-to-shahn
careless
gondatlan
gon-daht-lahn
carnation
szekfű
sek-fű
carp
ponty
ponty
carpet
szőnyeg
ső-nyeg
carriage
kocsi
ko-tchi

carrot
répa
ray-pah
to carry
vinni
vin-ni
cartoon
rajzfilm
rahyz-film
case
eset
e-shet
in any **case**
mindenesetre
min-den-e-shet-re
casette recorder
kazettás magnó
kah-zet-tásh mahg-nó
cash
készpénz
kays-paynz
to cash in a check
beváltani egy csekket
be-vál-tah-ni edy tchek-ket
CASHIER
pénztár
paynz-tár
cassette
magnókazetta
mahg-nó-kah-zet-tah
castle
vár
vár
cat
macska
mahtch-kah
catalog(ue)
katalógus
kah-tah-ló-goosh
Do you have a **catalog**?
Van katalógusuk?
vahn kah-tah-ló-goo-shook
cathedral
dóm, székesegyház
dóm, say-kesh-edy-ház
Catholic
katolikus
kah-to-li-koosh
cauliflower
karfiol
kahr-fi-ol
CAUTION!
Vigyázat!
vi-dyá-zaht
cautious
óvatos
ó-vah-tosh
cave
barlang
bahr-lahng

ceiling
mennyezet
meny-nye-zet
celery
zeller
zel-ler
cellar
pince
pin-tse
cemetery
temető
te-me-tő
center, centre
központ
köz-pont
century
század
sá-zahd
certain
bizonyos
bi-zo-nyosh
certainly
természetesen
ter-may-se-te-shen
certificate
igazolás
i-gah-zo-lásh
chain
lánc
lánts
chair
szék
sayk
chamber-maid
szobaasszony
so-bah-ahs-sony
chamber music
kamarazene
kah-mah-rah-ze-ne
chamber orchestra
kamarazenekar
kah-mah-rah-ze-ne-kahr
champagne
pezsgő
pezh-gő
champion
bajnok
bahy-nok
championship
bajnokság
bahy-nok-shág
chance
esély
e-shay
by **chance**
véletlenül
vay-let-le-nül
I take the **chance**!
Vállalom a kockázatot!
vál-lah-lom ah kots-ká-zah-tot

change *(noun)*
1. (turn of events) változás
2. *(money)* aprópénz
vál-to-zásh, ahp-ró-paynz

I have no **change**.
Nincs aprópénzem.
nintch ahp-ró-payn-zem

Keep the **change**!
Nem kell visszaadni!
nem kell vis-sah-ahd-ni

to change
1. *(to alter)* változni
2. *(train/plain)* átszállni
3. *(dress)* átöltözni
vál-toz-ni, át-sál-ni, át-öl-töz-ni

to change money
pénzt váltani
paynzt vál-tah-ni

I want to **change** money.
Szeretnék pénzt beváltani.
se-ret-nayk paynzt be-vál-tah-ni

channel
csatorna
tcha-tor-nah

charge
díj, költség
deey, köl-tchayg

charming
elragadó
el-rah-gah-dó

to chat
beszélgetni
be-sayl-get-ni

cheap
olcsó
ol-tchó

cheaper
olcsóbb
ol-tchóbb

check/cheque
csekk
tchekk

to check
ellenőrizni
el-len-ő-riz-ni

Please **check** [the oil]
Kérem ellenőrizze [az olajat]
kay-rem el-len-ő-riz-ze ahz o-lah-yaht

to check out
elhagyni a szállodát
el-hahdy-ni ah sál-lo-dát

When do I have to **check out**?
Mikor kell elhagynom a szobát?
mi-kor kell el-hahdy-nom ah so-bát

Cheers!
Egészségére!
e-gays-shay-gay-re
chese
sajt
shahyt
CHEMIST('S)
patika *(for medicines)*
illatszertár *(for cosmetics)*
pah-ti-kah, il-laht-ser-tár
chemistry
kémia
kay-mi-ah
cheque *see* check
cherry
cseresznye
tche-res-nye
cherry brandy
cseresznyepálinka
tche-res-nye-pá-lin-kah
chess
sakk
shahkk
to play **chess**
sakkozni
shahk-koz-ni
chest
mellkas
mell-kahsh
chestnut
gesztenye
ges-te-nye
chewing gum
rágógumi
rá-gó-goo-mi
chicken
csirke
tchir-ke
child(**ren**)
gyerek(ek)
dye-re-kek
chilly
hűvös
hű-vösh
chin
áll
áll
china
porcelán
por-tse-lán
chocolate
csokoládé
tcho-ko-lá-day
choir
kórus
kó-roosh
Christian
keresztény
ke-res-tayny

Christian name
keresztnév
ke-rest-nayv

Christmas
karácsony
kah-rá-tchony

church
1. *(building)* templom
2. *(organization)* egyház
temp-lom, edy-ház

cigar
szivar
si-vahr

cigarette
cigaretta
tsi-gah-ret-tah

CINEMA
mozi
mo-zi

circus
1. *(show)* cirkusz
2. *(place)* körtér
tsir-koos, kör-tayr

citizen
állampolgár
ál-lahm-pol-gár

city
város
vá-rosh

city center/centre
belváros
bel-vá-rosh

clean
tiszta
tis-tah

to clean
tisztítani
tis-tee-tah-ni

Will you **clean** the windshield!
Tisztítsa meg a szélvédőt!
tis-teet-tchah meg ah sayl-vay-dőt

to clean the room
kitakarítani a szobát
ki-tah-kah-ree-tah-ni ah so-bát

CLEANER
tisztító
tis-tee-tó

to cleanse
megtisztítani
meg-tis-tee-tah-ni

clear [sky, water]
tiszta [égbolt, víz]
tis-tah ayg-bolt, veez

clever
okos
o-kosh

climate
éghajlat, klíma
ayg-hahy-laht, klee-mah

CLOAKROOM
ruhatár
roo-hah-tár
clock
óra
ó-rah
cloister
kolostor
ko-losh-tor
close
közel
kö-zel
to close
becsukni
be-tchook-ni
CLOSED
zárva
zár-vah
CLOSED ON SATURDAYS/SUNDAYS
Szombaton/Vasárnap zárva
som-bah-ton/vah-shár-nahp/zár-vah
CLOSED TO TRAFFIC
A forgalom elől elzárva
ah for-gah-lom e-lől el-zár-vah
closet
szekrény
sek-rayny
cloth ***(material)***
szövet
sö-vet
clothes
ruha
roo-hah
clothing
ruházat
roo-há-zaht
cloud/y/
felhő/s/
fel-hősh
coal/-mine/
szén/bánya/
sayn-bá-nyah
coat
kabát, zakó
kah-bát, zah-kó
coat of arms
címer
tsee-mer
cock
kakas
kah-kahsh
cocoa
kakaó
kah-kah-ó
coffee
kávé
ká-vay

coffee-bar
eszpresszó
es-pres-só
coffee-break
ebédszünet
e-bayd-sü-net
cogwheel-railway
fogaskerekű
fo-gash-ke-re-kű
coin
érme
ayr-me
coincidence
véletlen, egybeesés
vay-let-len, edy-be-e-shaysh
cold
hideg
hi-deg
I am **cold**
fázom
fá-zom
[my hands] are **cold**
fázik [a kezem]
fá-zik ah ke-zem
collar
gallér
gahl-layr
colleague
kolléga
kol-lay-gah
to collect
gyűjteni
dyűy-te-ni
I **collect** stamps.
Én bélyeget gyűjtök.
ayn bay-ye-get dyűy-tök
collection
gyűjtemény
dyűy-te-mayny
collision
karambol
kah-rahm-bol
colo(u)r
szín
seen
I don't like this **colo(u)r**.
Nem tetszik ez a szín.
nem tet-sik ez ah seen
I want another **colo(u)r**!
Egy másik színt akarok!
edy má-shik seent ah-kah-rok
colo(u)r film
színes film
see-nesh film
colourful
színes
see-nesh
colourless
színtelen
seen-te-len

to comb
fésülködni
fay-shül-köd-ni

to come
jönni
jön-ni

Come here, please!
Jöjjön ide, kérem!
yöy-yön i-de, kay-rem

to come in
bejönni
be-yön-ni

Come in!
Tessék!
tesh-shayk

May I **come in**?
Bejöhetek?
be-yö-he-tek

comedy
vígjáték
veeg-yá-tayk

comfortable
kényelmes
kay-nyel-mesh

communist
kommunista
kom-moon-ish-tah

companion
társ
társh

company
cég, vállalat
tsayg, vál-lah-laht

compartment
szakasz
sah-kahs

competition
verseny
ver-sheny

complaint
panasz
pah-nahs

complicated
komplikált
kom-pli-kált

compulsory
kötelező
kö-te-le-ző

concert
koncert, hangverseny
kon-tsert, hahng-ver-sheny

concrete
beton
be-ton

conductor *(music)*
karmester
kahr-mesh-ter

conference
konferencia
kon-fe-ren-tsi-ah

to congratulate
gratulálni
grah-too-lál-ni
Congratulations!
Gratulálok!
grah-too-lá-lok
congress
kongresszus
kong-res-soosh
connecting flight/train
csatlakozás
tchaht-lah-ko-zásh
connection
kapcsolat
kahp-tcho-laht
consulate
konzulátus
kon-zoo-lá-toosh
to consume
elfogyasztani
el-fo-dyahs-tah-ni
contents
tartalom
tahr-tah-lom
contest
vetélkedő
ve-tayl-ke-dő
continent
kontinens
kon-ti-nensh
to continue
folytatni
foy-taht-ni
contract
szerződés
ser-ző-daysh
conversation
beszélgetés
be-sayl-ge-taysh
cook *(noun)*
szakács
sah-kátch
to cook
főzni
főz-ni
May we **cook**?
Szabad főzni?
sah-bahd főz-ni
cooked
főtt
főtt
cool
hűvös
hű-vösh
cooperative *(noun)*
szövetkezet
sö-vet-ke-zet
cooperative *(adj.)*
segítőkész
she-gee-tő-kays

cooper
réz
rayz
copy
1. *(reproduction)* másolat
2. *(one example)* példány
má-sho-laht, payl-dány
cork
dugó
doo-gó
corkscrew
dugóhúzó
doo-gó-hú-zó
corn ***(US)***
kukorica
koo-ko-ri-tsah
corner
sarok
shah-rok
correct
helyes
he-yesh
correspondence
levelezés
le-ve-le-zaysh
costs
költség
köl-tchayg
to cost
kerül valamibe
ke-rül vah-lah-mi-be
How much does/will it **cost**?
Mibe kerül?
mi-be ke-rül
it **costs** [5 forints]
[öt forint]ba kerül
öt fo-rint-bah ke-rül
costs of living
megélhetési költségek
meg-ayl-he-tay-shi köl-tchay-gek
cotton
pamut
pah-moot
cotton-wool
vatta
vaht-tah
cough
köhögés
kö-hö-gaysh
to cough
köhögni
kö-hög-ni
to count
számolni
sá-mol-ni
country
ország
or-ság
a **couple** of [....]
egy pár [....]
edy pár

cow
tehén
te-hayn
crash
karambol
kah-rahm-bol
crayfish
folyami rák
fo-yah-mi rák
cream
1. *(cosmetics)* krém
2. *(dairy)* tejszín
kraym, tey-seen
credit
hitel
hi-tel
crew
személyzet
se-may-zet
crime
bűn
bűn
criminal *(noun)*
bűnöző
bű-nö-ző
crisis
válság
vál-shág
cross
kereszt
ke-rest
crowd
tömeg
tö-meg
crowded
zsúfolt
zhú-folt
to cry ***(US)***
sírni
sheer-ni
cucumber
uborka
oo-bor-kah
cuisine
konyha
kony-hah
culture
kultúra
kool-tú-rah
cup
csésze
tchay-se
currency
valuta, pénz
vah-loo-tah, paynz
curtain
függöny
füg-göny
CUSTOMS CONTROL
vámvizsgálat
vám-vizh-gá-laht

to cut
vágni
vág-ni
Czechoslovakia
Csehszlovákia
tche-slo-vá-ki-ah

D

daily /paper/
napi/lap/
nah-pi-lahp
dairy (product)
tejtermék
tey-ter-mayk
damage
kár
kár
damaged
sérült
shay-rült
dance
tánc
tánts
to dance
táncolni
tán-tsol-ni
Would you **dance** with me?
Táncolna velem?
tán-tsol-nah ve-lem
DANGER! (KEEP OUT)
életveszély
ay-let-ve-say

dangerous
veszélyes
ve-say-yesh

dark
sötét
shö-tayt

date
dátum
dá-toom

daughter
lánya
lá-nyah

daughter-in-law
menye
me-nye

day
nap
nahp

dead
halott
hah-lott

dead-end street
zsákutca
zhák-oot-tsah

deaf
süket
shü-ket

dear *(relating to persons)*
kedves
ked-vesh

death
halál
hah-lál

to decide
dönteni
dön-te-ni

deep
mély
may

deer
őz
őz

degree
1. *(temperature)* fok
2. *(scientific)* fokozat
fok, fo-ko-zaht

delay
késedelem
kay-she-de-lem

[the train] is **delayed**
[a vonat] késik
ah vo-naht kay-shik

delegation
delegáció
de-le-gá-tsi-ó

to deliver
szállítani
sál-lee-tah-ni

to deliver a lecture
előadást tartani
e-lő-ah-dásht tahr-tah-ni

democratic
demokratikus
de-mok-rah-ti-koosh

Denmark
Dánia
dá-ni-ah

denomination
felekezet
fe-le-ke-zet

dentist
fogorvos
fog-or-vosh

to depart
indulni
in-dool-ni

department store
áruház
á-roo-ház

DEPARTURE/S/
indulás/ok/
in-doo-lá-sh/ok/

desire
vágy
vády

dessert
édesség, desszert
ay-desh-shayg, des-sert

destination
úticél
ú-ti-tsayl

detail/s/
részlet/ek/
rays-let-ek

DETOUR
forgalom-elterelés
for-gah-lom-el-te-re-laysh

to develop *(film)*
előhívni
e-lő-heev-ni

development *(change)*
fejlődés
fey-lő-daysh

devil
ördög
ör-dög

/I am/ **diabetic**
cukorbeteg /vagyok/
tsoo-kor-be-teg vah-dyok

to dial
tárcsázni
tár-tcház-ni

diamond
gyémánt
dyay-mánt

diaper
pelenka
pe-len-kah

diarrh(o)ea
hasmenés
hahsh-me-naysh

to die
meghalni
meg-hahl-ni

diet
diéta
di-ay-tah

I am **on diet**
diétázom
di-ay-tá-zom

difference
különbség
kü-lönb-shayg

different
különböző
kü-lön-bö-ző

difficult
nehéz
ne-hayz

dimensions
méretek
may-re-tek

dining-car
étkezőkocsi
ayt-ke-ző-ko-tchi

dinner
1. *(at noon)* ebéd
2. *(supper)* vacsora
e-bayd, vah-tcho-rah

direct
közvetlen, direkt
köz-vet-len, di-rekt

direction
irány
i-rány

in this/that direction
erre/arra
er-re, ahr-rah

Is this the right **direction** to [**...**]?
Jó irányba megyek [**...**] felé?
yó i-rány-bah me-dyek fe-lay

DIRECTIONS FOR USE
használati utasítás
hahs-ná-lah-ti oo-tah-shee-tásh

director
igazgató
i-gahz-gah-tó

dirt
piszok
pi-sok

dirty
piszkos
pis-kosh

disadvantage
hátrány
hát-rány

to disappear
eltűnni
el-tűn-ni

disappointment
csalódás
tchah-ló-dásh

discount
engedmény
en-ged-mayny

to discuss
megbeszélni
meg-be-sayl-ni

discussion
megbeszélés
meg-be-say-laysh

disease
betegség
be-teg-shayg

DISPENSING CHEMIST
gyógyszertár
dyódy-ser-tár

distance
távolság
tá-vol-shág

to disturb
zavarni
zah-vahr-ni

May I **disturb** you?
Zavarhatom?
zah-vahr-hah-tom

DIVERSION
Útelterelés
út-el-te-re-laysh

divided hihgway
osztott pályás út
os-tott pá-yásh út

DIVIDED HIGHWAY AHEAD
osztott pályás út következik
os-tott pá-yásh út kö-vet-ke-zik

DIVIDED HIGHWAY ENDS
osztott pályás út vége
os-tott pá-yásh út vay-ge

divorced
elvált
el-vált

I feel **dizzy**
szédülök
say-dü-lök

to do
tenni, csinálni
ten-ni, tchi-nál-ni

I (shall) **do** my best
Mindent el fogok követni
min-dent el fo-gok kö-vet-ni

*What can I **do** for you?*
Miben segíthetek?
mi-ben she-geet-he-tek

doctor
doktor
dok-tor

Doctor!
Doktor Úr!
dok-tor úr

Call me a **doctor**!
Hívjon orvost!
heev-yon or-vosht

document
irat, okmány
i-raht, ok-mány

dog
kutya
koo-tyah

doll
baba
bah-bah

domestic animal
háziállat
há-zi-ál-laht

donkey
szamár
sah-már

DO NOT DISTURB!
Ne zavarjon!
ne zah-vahr-yon

door
ajtó
ahy-tó

double room
kétágyas szoba
kayt-á-dyahsh so-bah

doubt
kétség
kayt-shayg

doubtful
kétséges
kayt-shay-gesh

doughnut
fánk
fánk

dove
galamb
gah-lahmb

downstairs
lent
lent

downtown
belváros
bel-vá-rosh

dozen
tucat
too-tsaht

drawing room
nappali szoba
nahp-pah-li so-bah

dream
álom
á-lom

dress *(noun)*
ruha
roo-hah

to dress
öltözködni
öl-töz-köd-ni

dressing cabin
öltöző
öl-tö-ző

dressing-gown
pongyola
pon-dyo-lah

dried
szárított
sá-ree-tott

drier *(hair)*
hajszárító
hahy-sá-ree-tó

drink *(noun)*
ital
i-tahl

to drink
inni
in-ni

drinker
iszákos
i-sá-kosh

drinking water
ivóvíz
i-vó-veez

drip-dry
csavarás nélkül szárad
tchah-vah-rásh nayl-kül sá-rahd

to drive
autót vezetni
aoo-tót ve-zet-ni

driver
vezető, sofőr
ve-ze-tő, sho-főr

driving licence
jogosítvány
yo-go-sheet-vány

drop
csepp
tchepp

drought
szárazság
sá-rahz-shág

to drown
vízbe fulladni
veez-be fool-lahd-ni

drug
1. *(medicine)* orvosság
2. *(narcotic)* kábítószer
orvosh-shág, ká-bee-tó-ser

DRUGSTORE
szó szerint gyógyszertár, valójában gyógyszert is áruló kisáruház (US)

drum
dob
dob

drunk
részeg
ray-seg
dry
száraz
sá-rahz
dry-cleaning
száraztisztítás
sá-rahz-tis-tee-tásh
dual carriageway
osztott pályás út
os-tott pá-yásh út
dubbed
szinkronizált
sin-kro-ni-zált
dubious
kétséges
kayt-shay-gesh
duck
kacsa
kah-tchah
due
esedékes
e-she-day-kesh
dull
unalmas
oo-nahl-mahsh
duly
helyesen, pontosan
he-ye-shen, pon-to-shahn
dumb
néma
nay-mah
dumpling
gombóc
gom-bóts
duration
időtartam
i-dő-tahr-tahm
during [my stay]
[itt tartózkodásom] alatt
itt tahr-tóz-ko-dá-shom ah-lahtt
dust/y/
por/os/
po-rosh
Dutch
holland
hol-lahnd
duty
1. *(customs)* vám
2. *(obligation)* kötelesség
vám, kö-te-lesh-shayg
Do I have to pay **duty**?
Kell vámot fizetnem?
kell vá-mot fi-zet-nem
dutyfree
vámmentes
vám-men-tesh
dyeing
ruhafestés
roo-hah-fesh-taysh

E

each
minden
min-den
each other
(Nom.) egymás
(Acc.) egymást
edy-másh(t)
eagle
sas
shahsh
earlier
korábban
ko-ráb-bahn
ear(s)
fül
fül
earring
fülbevaló
fül-be-vah-ló
earth
föld
föld
East/ern/
kelet/i/
ke-le-ti
Easter
húsvét
húsh-vayt
East-Germany (GDR)
NDK
en-day-ká
easy
könnyű
köny-nyű
to eat
enni
en-ni
eau de Cologne
kölni
köl-ni
edition
kiadás
ki-ah-dásh
editor /-in-chief/
/fő/szerkesztő
fő-ser-kes-tő
educated
művelt
mű-velt
education
oktatás
ok-tah-tásh
eel
angolna
ahn-gol-nah

effect
hatás
hah-tásh
egg
tojás
to-yásh
fried **eggs**
tükörtojás
tü-kör-to-yásh
scrambled **eggs**
rántotta
rán-tot-tah
eight
nyolc
nyolts
eighteen
tizennyolc
ti-zen-nyolts
eighty
nyolcvan
nyolts-vahn
either .... or
vagy .... vagy
vahdy .... vahdy
elections
választások
vá-lahs-tá-shok
electric razor
villanyborotva
vil-lahny-bo-rot-vah
elegant
elegáns
e-le-gánsh
elementary school
általános iskola
ál-tah-lá-nosh ish-ko-lah
elephant
elefánt
e-le-fánt
elevator
lift
lift
eleven
tizenegy
ti-zen-edy
elsewhere
máshol
másh-hol
embassy
nagykövetség
nahdy-kö-vet-shayg
embroidery
hímzés
heem-zaysh
EMERGENCY EXIT
vészkijárat
vays-ki-yá-raht
emotion
érzelem
ayr-ze-lem

empty
üres
ü-resh
end
vége
vay-ge
encyclop(a)edia
lexikon
lek-si-kon
cnginc
motor
mo-tor
engineer
mérnök
mayr-nök
English
angol
ahn-gol
Englishman
angol
ahn-gol
to enjoy
élvezni
ayl-vez-ni
enough
elég
e-layg
ENQUIRIES
információ
in-for-má-tsi-ó
entertainment
szórakozás
só-rah-ko-zásh
ENTRANCE
bejárat
be-yá-raht
entry-visa
beutazóvízum
be-oo-tah-zó-vee-zoom
envelope
boríték
bo-ree-tayk
epidemic
járvány
yár-vány
equal/ity/
egyenlő/ség/
e-dyen-lő-shayg
error
tévedés
tay-ve-daysh
escalator
mozgólépcső
moz-gó-layp-tchő
especially
különösen
kü-lö-nö-shen
essential
lényeges
lay-nye-gesh

Europe
Európa
eoo-ró-pah
European
európai
eoo-ró-pah-i
European champion/ship/
Európa-bajnok/ság/
eoo-ró-pah-bahy-nok-shág
even *(adv.)*
még
mayg
evening
este
esh-te
in the **evening**
este
esh-te
every
minden
min-den
everybody
mindenki
min-den-ki
everything
minden
min-den
everywhere
mindenütt
min-de-nütt
exact/ly/
pontos/an/
pon-to-shahn
EXACT FARE, PLEASE
(Felirat automatákon: pontos összeget kell bedobni, mert az automata nem ad vissza).
exam(ination)
vizsga
vizh-gah
example
példa
payl-dah
excellent
kitűnő
ki-tű-nő
except
kivéve
ki-vay-ve
excess weight
túlsúly
túl-shúy
exchange rate
árfolyam
ár-fo-yahm
excited
izgatott
iz-gah-tott
excursion
kirándulás
ki-rán-doo-lásh

Excuse me!
Bocsánat!
bo-tchá-naht
exhibition
kiállítás
ki-ál-lee-tásh
EXIT
kijárat
ki-yá-raht
expense(s)
kiadás
ki-ah-dásh
expensive
drága
drá-gah
experienced
tapasztalt
tah-pahs-tahlt
expiration /date/
lejárat /ideje/
le-yá-raht i-de-ye
to explain
megmagyarázni
meg-mah-dyah-ráz-ni
to extend
meghosszabbítani
meg-hos-sahb-bee-tah-ni
eye(s)
szem
sem

F

face
arc
ahrts
fact
tény
tayny
factory
gyár
dyár
to faint
elájulni
el-á-yool-ni
[my wife] has **fainted**
a [feleségem] elájult
ah fe-le-shay-gem el-á-yoolt
fair
1. *(noun)* vásár
2. *(adj.)* becsületes
vá-shár, be-tchü-le-tesh
fait
hit
hit

fall *(US)*
őssz
ős

to fall down
leesni
le-esh-ni

false
hamis
hah-mish

family
család
tchah-lád

family name
családnév
tchah-lád-nayv

famous
híres
hee-resh

far
messze
mes-se

fare
útiköltség
ú-ti-köl-tchayg

farewell
búcsú
bú-tchú

fashion
divat
di-vaht

fast
gyors
dyorsh

fast train
gyorsvonat
dyorsh-vo-naht

fat
1. *(noun)* zsír
2. *(adj.)* kövér
zheer, kö-vayr

fate
sors
shorsh

father
apa
ah-pah

father-in-law
após
ah-pósh

favo(u)r
szívesség
see-vesh-shayg

Will/Would you do me a **favo(u)r**?
Tenne nekem egy szívességet?
ten-ne ne-kem edy see-vesh-shay-get

favo(u)rable
kedvező
ked-ve-ző

feather
toll
toll
fee
díj
deey
to feel
érezni (magát)
ay-rez-ni mah-gát
I **feel** better/worse.
Jobban/Rosszabbul érzem magam.
yob-bahn/ros-sahb-bool ayr-zem mah-gahm
I **feel** ill.
Rosszul érzem magam.
ros-sool ayr-zem mah-gahm
female
nő(stény)
nő-shtayny
fencing
vívás
vee-vásh
ferry
komp
komp
fever
láz
láz
I have **fever**.
Lázam van.
lá-zahm vahn
few
kevés
ke-vaysh
a **few**
néhány
nay-hány
fiction
regényirodalom
re-gayny-i-ro-dah-lom
field
terület
te-rü-let
fifteen
tizenöt
ti-zen-öt
fifty
ötven
öt-ven
fig
füge
fü-ge
to fill in
kitölteni
ki-töl-te-ni
Fill in this form!
Töltse ki ezt az űrlapot!
töl-tche ki ezt ahz űr-lah-pot
finally
végül
vay-gül

to find
/meg/találni
meg-tah-lál-ni
to find out
megtudni
meg-tood-ni
fine *(adj.)*
remek
re-mek
fine art(s)
képzőművészet
kayp-ző-mű-vay-set
finger(s)
ujj
ooyy
to finish
befejezni
be-fe-yez-ni
Finland
Finnország
finn-or-ság
fire
tűz
tűz
fireworks
tűzijáték
tű-zi-yá-tayk
firm *(adj.)*
szilárd, fix
si-lárd, fiks
first
első
el-shő
FIRST AID
elsősegély
el-shő-she-gay
FIRST CLASS
első osztály
el-shő os-táy
fish
hal
hahl
to fish
halászni
hah-lás-ni
five
öt
öt
to fix ***(US)***
megjavítani
meg-yah-vee-tah-ni
flag
zászló
zás-ló
flame
láng
láng
flash(gun) ***(US)***
vaku
vah-koo

flashlight
zseblámpa
zheb-lám-pah

flat
1. *(noun, US)* lakás
2. *(adj.)* lapos
lah-kásh, lah-posh

flat tire/tyre
defekt
de-fekt

flavo(u)r
íz
eez

flea
bolha
bol-hah

flea market
bolhapiac
bol-hah-pi-ahts

to flee
menekülni
me-ne-kül-ni

flesh
hús
húsh

flexible
rugalmas
roo-gahl-mash

flexitime
rugalmas munkaidő
roo-gahl-mash moon-kah-i-dő

flight
repülés
re-pü-laysh

flood
ár(víz)
ár-veez

floor
padló
pahd-ló

[4 th] **FLOOR**
[4.] EMELET
ne-dye-dik e-me-let

flour
liszt
list

FLOWER(S)
virág(ok)
vi-rá-gok

flu
influenza
in-floo-en-zah

fluent/ly/
folyékony/an/
fo-yay-ko-nyahn

fly *(noun)*
légy
laydy

to fly
repülni
re-pül-ni

FM *(radio)*
URH
oo-er-há

fog/gy/
köd/ös/
köd-ösh

folk art
népművészet
nayp-mű-vay-set

folk costume
népviselet
nayp-vi-she-let

food/-store/
élelmiszer/üzlet/
ay-lel-mi-ser-üz-let

foot
lábfej
láb-fey

for [Peter]
[Péter] számára
pay-ter sá-má-rah

for a long time
sokáig
sho-ká-ig

for the first/last time
először/utoljára
e-lő-sör/oo-tol-yá-rah

forehead
homlok
hom-lok

I am a **foreigner**
külföldi vagyok
kül-föl-di vah-dyok

forest
erdő
er-dő

for example (*abbr.*: e. g.)
például (pl.)
payl-dá-ool

to forget
elfelejteni
el-fe-ley-te-ni

FOR HIRE *(taxikon: GB)*
szabad
sah-bahd

fork
villa
vil-lah

form
1. *(shape)* alak
2. *(printed sheet)* űrlap
ah-lahk, űr-lahp

FOR SALE
eladó
el-ah-dó

forty
negyven
nedy-ven

fountain
1. *(in nature)* forrás
2. *(in towns)* szökőkút
for-rásh, sö-kő-kút

four
négy
naydy

fourth
negyedik
ne-dye-dik

fox
róka
ró-kah

FRAGILE
törékeny
tö-ray-keny

France
Franciaország
frahn-tsi-ah-or-ság

free
szabad
sah-bahd

FREE!
ingyenes
in-dye-nesh

freedom
szabadság
sah-bahd-shág

French
francia
frahn-tsi-ah

French fried potato
hasábburgonya
hah-sháb-boor-go-nyah

frequent
gyakori
dyah-ko-ri

fresh
friss
frish

Friday
péntek
payn-tek

fried
(zsírban) sült
zheer-bahn shült

friend
1. *(male)* barát
2. *(female)* barátnő
bah-rát, bah-rát-nő

friendly
barátságos
bah-rát-shá-gosh

friendship
barátság
bah-rát-shág

frightful
félelmetes
fay-lel-me-tesh

frog
béka
bay-kah

from [Peter]
[Péter]től
pay-ter-től

front
eleje
e-le-ye

in (the) **front**
elöl
e-löl

frost
fagy
fahdy

fruit
gyümölcs
dyü-möltch

fudge
tejkaramell
tey-kah-rah-mell

fuel
üzemanyag
ü-zem-ah-nyahg

to fulfil
teljesíteni
tel-ye-shee-te-ni

full /of.../
tele /...-vel/
te-le vel

fully
teljesen
tel-ye-shen

fun
tréfa, móka
tray-fah, mó-kah

funny
vicces
vits-tsesh

function
funkció
foonk-tsi-ó

fur
szőrme
sőr-me

furcoat
bunda
boon-dah

further
további
to-váb-bi

furniture
bútor
bú-tor

future
jövő
yö-vő

G

to gain weight
hízni
heez-ni

gall/stone/
epe/kő/
e-pe-kő

GALLERY
képtár
kayp-tár

gamble *(noun)*
szerencsejáték
se-ren-tche-yá-tayk

game *(play)*
játék
yá-tayk

garage
garázs
gah-rázh

garden
kert
kert

garlic
fokhagyma
fok-hahdy-mah

gas
1. gáz
2. *(gasoline)* benzin
gáz, ben-zin

gas station
benzinkút
ben-zin-kút

gate
kapu
kah-poo

gay
1. *(happy)* vidám
2. *(homosexual)* buzi
vi-dám, boo-zi

general
általános
ál-tah-lá-nosh

in general
általában
ál-tah-lá-bahn

general practitioner (*abbr.*: GP)
általános orvos (Med. Univ.)
ál-tah-lá-nosh or-vosh

generally
általában
ál-tah-lá-bahn

generation
generáció
ge-ne-rá-tsi-ó

generous
nagylelkű
nahdy-lel-kű

genius
zseni
zhe-ni

GENTLEMEN
Urak
oo-rahk

gentleness
szelídség
se-leed-shayg

GENTS (= Gentlemen)

genuine
eredeti
e-re-de-ti

German
német
nay-met

Germany
Németország
nay-met-or-ság

to get
szerezni, kapni
se-rez-ni, kahp-ni

to get in/out
be-/ki-szállni
be-/ki-száll-ni

to get on/off
fel-/le-szállni
fel-/le-száll-ni

gherkin
csemege uborka
tche-me-ge oo-bor-kah

gift
ajándék
ah-yán-dayk

giraffe
zsiráf
zhi-ráf

girl
lány
lány

to give
adni
ahd-ni

Give me [stamps for this letter]!
Adjon [bélyeget erre a levélre]!
ahd-dyon bay-ye-get er-re ah le-vayl-re

glad
boldog
bol-dog

Glad to see you!
Örülök, hogy látom!
ö-rü-lök hody lá-tom

glass
1. *(material)* üveg
2. *(vessel for drinking)* pohár
ü-veg, po-hár

glasses *(spectacles)*
szemüveg
se-mü-veg
glove(s)
kesztyű
kes-tyű
to go
menni
men-ni
Let's go!
Menjünk!
meny-nyünk
goat
kecske
ketch-ke
God
Isten
ish-ten
gold
arany
ah-rahny
good
jó
yó
Good afternoon!
Jó napot!
yó nah-pot
Good bye!
Viszontlátásra!
vi-sont-lá-tásh-rah
Good evening!
Jó estét!
yó esh-tayt
Good morning!
Jó reggelt!
yó reg-gelt
Good night!
Jó éjszakát!
yó ay-sah-kát
Good Friday
nagypéntek
nahdy-payn-tek
goose
liba
li-bah
gooseberry
egres
eg-resh
goose liver
libamáj
li-bah-máy
government
kormány
kor-mány
grandchild
unoka
oo-no-kah
grandparents
nagyszülők
nahdy-sü-lők

grape
szőlő
ső-lő
grapefruit
grépfrút
grayp-frút
grass
fű
fű
grateful
hálás
há-lásh
gravy
szaft
sahft
gray, grey
szürke, *(hair)* ősz
sűr-ke, ős
Great Britain
Anglia
ahng-li-ah
Greece
Görögország
gö-rög-or-ság
green
zöld
zöld
ground floor
földszint
föld-sint
group
csoport
tcho-port
to grow
nőni
nő-ni
grown-up
felnőtt
fel-nőtt
guarantee/guaranty
garancia
gah-rahn-tsi-ah
guest
vendég
ven-dayg
guidebook
útikalauz
ú-ti-kah-lah-ooz
guitar
gitár
gi-tár
Gypsy /music/
cigány /zene/
tsi-gány ze-ne

H

hair
1. *(anywhere on human or animal body)* szőr
2. *(on the head)* haj

sőr, hahy

haircut
hajvágás
hahy-vá-gásh

hairdo
frizura
fri-zoo-rah

hairdresser
fodrász
fod-rás

hair-spray
hajlakk
hahy-lahk

hairwash
hajmosás
hahy-mo-shásh

half
fél
fayl

ham
sonka
shon-kah

hand
kéz
kayz

handbag
retikül
re-ti-kül

handball
kézilabda
kay-zi-lahb-dah

handicapped
mozgássérült
moz-gásh-shay-rült

handkerchief
zsebkendő
zheb-ken-dő

hanger
akasztó
ah-kahs-tó

to happen
történni
tör-tayn-ni

happy
boldog
bol-dog

hard
nehéz, kemény
ne-hayz, ke-mayny

hardly
alig
ah-lig

hare
nyúl
nyúl
harp
hárfa
hár-fah
hat
kalap
kah-lahp
I **have** ....
nekem van ....
ne-kem vahn
I **have** no [Hungarian money]
Nincs [magyar pénzem]
nintch mah-dyahr payn-zem
I don't **have** [time].
Nincs [idő]m.
nintch i-dőm
he
ő
ő
head
fej
fey
headache
fejfájás
fey-fá-yásh
head of state
államfő
ál-lahm-fő
to heal
gyógyítani
dyó-dyee-tah-ni
health/y/
egészség/es/
e-gays-shay-gesh
to hear
hallani
hahl-lah-ni
heart
szív
seev
heart attack
szívroham
seev-ro-hahm
heartburn
gyomorégés
dyo-mor-ay-gaysh
heaven
menny
meny
heavy
nehéz
ne-hayz
heel
sarok
shah-rok
height
magasság
mah-gahsh-shág

hell
pokol
po-kol
to help
segíteni
she-gee-te-ni
Help!
Segítség!
she-geet-shayg
Help yourself!
Vegyen!
ve-dyen
Help me, please
Segítsen, kérem!
she-geet-shen, kay-rem
hen
tyúk
tyúk
here
1. *(place)* itt
2. *(direction)* ide
itt, i-de
hers
övé
ö-vay
high
magas
mah-gash
hill
domb
domb
hip
csípő
tchee-pő
his [place]
az ő [helye]
ahz ő he-ye
[This bag is] **his**.
[Ez a táska] az övé.
ez ah tásh-kah ahz ö-vay
history
történelem
tör-tay-ne-lem
hit (song)
sláger
shlá-ger
to hit [by car]
[autóval] elütni
aoo-tó-vahl el-üt-ni
to hold
tartani
tahr-tah-ni
hole
lyuk
yook
holiday
ünnep
ün-nep
I am on **holiday**.
Szabadságon vagyok.
sah-bahd-shá-gon vah-dyok

holy
szent
sent

home
otthon
ott-hon

at home
otthon
ott-hon

I want to go **home**.
Haza akarok menni.
hah-zah ah-kah-rok men-ni

honey
méz
mayz

hope
remény
re-mayny

I **hope** so!
Remélem!
re-may-lem

hopefully
remélhetőleg
re-mayl-he-tő-leg

hopeless
reménytelen
re-mayny-te-len

horse
ló
ló

horse-radish
torma
tor-mah

HOSPITAL
kórház
kór-ház

hot
forró
for-ró

HOTEL
hotel, szálloda
ho-tel, sál-lo-dah

house
ház
ház

housing estate
lakótelep
lah-kó-te-lep

how?
hogyan
ho-dyahn

How are you?
Hogy van?
hody vahn

however
azonban
ah-zon-bahn

How far is the next gas/petrol station?
Milyen messze van a legközelebbi benzinkút?
mi-yen-mes-se vahn ah leg-kö-ze-leb-bi ben-zin-kút

How long are you open?
Meddig vannak nyitva?
med-dig vahn-nahk nyit-vah

How long do we stay here?
Meddig maradunk itt?
med-dig mah-rah-doonk itt

How long will it take?
Meddig fog tartani?
med-dig fog tahr-tah-ni

how much/many
mennyi
meny-nyi

How much is it?
Mennyi(be kerül)?
meny-nyi-be ke-rül

How much does [this book] cost?
Mibe kerül [ez a könyv]?
mi-be ke-rül ez ah könyv

How old are you?
Hány éves?
hány ay-vesh

huge
hatalmas
hah-tahl-mahsh

humanities
humán tudományok
hoo-mán too-do-má-nyok

humid
párás
pá-rásh

hundred
száz
sáz

Hungarian
magyar
mah-dyahr

What does it mean **in Hungarian**?
Mit jelent magyarul?
mit ye-lent mah-dyah-rool

How do you say that **in Hungarian**?
Hogy mondják magyarul?
hody mon-dyák mah-dyah-rool

Hungary
Magyarország
mah-dyahr-or-ság

hungry
éhes
ay-hesh
to hunt
vadászni
vah-dás-ni
hunter
vadász
vah-dás
husband
férj
fayry
hydrofoil
szárnyashajó
sár-nyahsh-hah-yó

I

I
én
ayn
ice
jég
yayg
ice cream
fagylalt
fahdy-lahlt
idea
ötlet
öt-let
identity card
személyazonossági (igazolvány)
se-may-ah-zo-nosh-shági i-gah-zol-vány
if
ha
hah
ignition
gyújtás
dyúy-tásh
ignition key
slusszkulcs
shlooss-kooltch

ill
beteg
be-teg
illness
betegség
be-teg-shayg
image
kép(zet)
kayp-zet
to imagine
elképzelni
el-kayp-zel-ni
Imagine!
Képzelje el!
kayp-zel-ye el
impatient
türelmetlen
tü-rel-met-len
important
fontos
fon-tosh
impossible
lehetetlen
le-he-tet-len
impression
benyomás
be-nyo-másh
to improve
(meg)javítani
meg-yah-vee-tah-ni
improvement
javulás
yah-voo-lásh
incidentally
véletlenül
vay-let-le-nül
to include
belefoglalni
be-le-fog-lahl-ni
including ....
beleértve ....-t
be-le-ayrt-ve
income
bevétel, jövedelem
be-vay-tel, yö-ve-de-lem
Indian
1. *(noun)* hindu
2. *(adj.)* indiai
hin-doo, in-di-ah-i
indigestion
gyomorrontás
dyo-mor-ron-tásh
indirect
közvetett
köz-ve-tett
individual
egyéni
a-dyay-ni
industry
ipar
i-pahr

infant
csecsemő
tche-tche-mő
infection
fertőzés
fer-tő-zaysh
inflammation
gyulladás
dyool-lah-dásh
to **inform**
informálni
in-for-mál-ni
information
információ
in-for-má-tsi-ó
initial/s/
kezdőbetű/k/
kez-dő-be-tűk
to **initiate**
kezdeményezni
kez-de-may-nyez-ni
I am **injured**
megsérültem
meg-shay-rül-tem
ink
tinta
tin-tah
inn
csárda
tchár-dah
innocent
ártatlan
ár-taht-lahn
INQUIRY/INQUIRIES
felvilágosítás
fel-vi-lá-go-shee-tásh
inside
belül
be-lül
I **insist**
ragaszkodom hozzá
rah-gahs-ko-dom hoz-zá
in **instalments**
részletekben
rays-le-tek-ben
instead of [Peter]
[Péter] helyett
pay-ter he-yett
institute
intézet
in-tay-zet
insurance
biztosítás
biz-to-shee-tásh
interesting
érdekes
ayr-de-kesh
international
nemzetközi
nem-zet-kö-zi

to interpret
tolmácsolni
tol-má-tchol-ni
interpreter
tolmács
tol-mátch
to interrupt
félbeszakítani
fayl-be-sah-kee-tah-ni
intersection
kereszteződés
ke-res-te-ző-daysh
into [the house]
[a ház]-ba
ah ház-bah
May I **introduce** myself?
Bemutatkozhatom?
be-moo-taht-koz-hah-tom
invitation
meghívás
meg-hee-vásh
to invite
meghívni
meg-heev-ni
invoice
számla
sám-lah
Ireland
Írország
eer-or-ság
iron
1. *(ore)* vas
2. *(flat iron)* vasaló
vahsh, vah-shah-ló
to iron
vasalni
vah-shahl-ni
island
sziget
si-get
it 1. *(subject)* az
2. *(object)* azt
ahz, ahzt
Italian
olasz
o-lahs
Italy
Olaszország
o-lahs-or-ság
its [food]
az ő [étel]-e
ahz ő ay-te-le
ivory
elefántcsont
e-le-fánt-tchont

J

jacket
zakó, kabát
zah-kó, kah-bát
jail
börtön
bör-tön
jam
dzsem
dzhem (jam)
Japan
Japán
yah-pán
Japanese
japán
yah-pán
Jew(ish)
zsidó
zhi-dó
jewel
ékszer
ayk-ser
JEWELLER
ékszerész
ayk-se-rays
job
állás
ál-lásh
joke
tréfa
tray-fah
journalist
újságíró
úy-shág-ee-ró
joy
öröm
ö-röm
juice
juice, gyümölcslé
dyü-möltch-lay
to jump
ugrani
oog-rah-ni
jury
zsűri
zhű-ri

K

kangaroo
kenguru
ken-goo-roo

to keep
(meg)őrizni
meg-ő-riz-ni

KEEP OFF THE GRASS
Fűre lépni tilos!
fű-re layp-ni ti-losh

Keep to the left/right!
Balra/jobbra tarts!
bahl-rah/yob-rah tahrtch

kerb
járdaszél
yár-dah-sayl

key
kulcs
kooltch

I left the **key** in my room.
A szobában hagytam a kulcsot.
ah so-bá-bahn hahdy-tahm ah kool-tchot

kid
kölyök
kö-yök

kidney /stone/
vese/kő/
ve-she-kő

kind
kedves
ked-vesh

This is very **kind** of you!
Ez nagyon kedves Öntől!
ez nah-dyon ked-vesh Ön-től

kindness
szívesség
see-vesh-shayg

king
király
ki-ráy

kiss *(noun)*
csók
tchók

to kiss
megcsókolni
meg-tchó-kol-ni

kit
készlet
kays-let

kitchen
konyha
kony-hah

knee
térd
tayrd

knife
kés
kaysh
knitwear
kötöttáru
kö-tött-á-roo
to knock
kopogni
ko-pog-ni
to know
1. (sb) ismerni
2. (sth) tudni
ish-mer-ni, tood-ni
Do you **know** ....?
Tudja ....?
tood-yah
I don't/didn't **know**.
Nem tudom/tudtam.
nem too-dom/tood-tahm
knowledge
tudás
too-dásh
kohlrabi
karalábé
kah-rah-lá-bay

L

label
címke
tseem-ke
lab(oratory)
labor(atórium)
lah-bor-ah-tó-ri-oom
LADIES/' ROOM/
Nők
nők
lake
tó
tó
lamb
bárány
bá-rány
lamp
lámpa
lám-pah
to land
landolni
lahn-dol-ni
landscape
tájkép
táy-kayp

lane *(on highways)*
sáv
sháv
KEEP IN LANE
Maradjon a sávjában!
mah-rahd-yon ah sháv-yá-bahn
language
nyelv
nyelv
language course
nyelvtanfolyam
nyelv-tahn-fo-yahm
lard
zsír
zheer
large
nagy
nahdy
lark
pacsirta
pah-tchir-tah
last
utolsó
oo-tol-shó
last name
családnév
tchah-lád-nayv
last night
tegnap este
teg-nahp esh-te
last week/month
a múlt héten/hónapban
ah múlt hay-ten/hó-nahp-bahn
last year
tavaly
tah-vahy
late
késő
kay-shő
I am **late**
elkéstem
el-kaysh-tem
it's **late**
késő van
kay-shő vahn
later
később
kay-shőbb
latest
legújabb
leg-ú-yahbb
the **latest** news
a legfrissebb hírek
ah leg-frish-shebb hee-rek
[tomorrow] **the latest**
legkésőbb [holnap]
leg-kay-shőbb hol-nahp
to laugh
nevetni
ne-vet-ni

laundry
mosoda
mo-sho-dah

lavatory
vécé
vay-tsay

law
jog
yog

lawyer
ügyvéd
üdy-vayd

laxative
hashajtó
hahsh-hahy-tó

to lay
feküdni
fe-küd-ni

lazy
lusta
loosh-tah

lean
sovány
sho-vány

leap year
szökőév
sö-kő-ayv

to learn
tanulni
tah-nool-ni

leather
bőr
bőr

to leave sb/sth
elhagyni
el-hahdy-ni

Leave me alone!
Hagyjon békén!
hahdy-yon bay-kayn

When do I have to **leave** the room?
Mikor kell elhagynom a szobát?
mi-kor kell el-hahdy-nom ah so-bát

leg
láb
láb

legal
legális
le-gá-lish

lemon
citrom
tsit-rom

lemonade
limonádé
li-mo-ná-day

lens
lencse
len-tche

less /than/
kevesebb /mint/
ke-ve-shebb mint

less expensive
olcsóbb
ol-tchóbb

to let *(leave)*
hagyni
hahdy-ni

Let it go!
Engedje el!
en-ged-dye el

letter
levél
le-vayl

letter box
postaláda
posh-tah-lá-dah

letter telegram
levéltávirat
le-vayl-táv-i-raht

lettuce
saláta
shah-lá-tah

level
szint
sint

LEVEL CROSSING
szintbeli kereszteződés
sint-be-li- ke-res-te-ző-daysh

library
könyvtár
kony-v-tár

licence, license
engedély
en-ge-day

license plate
rendszámtábla
rend-sám-táb-lah

to lie *(to say sth untrue)*
hazudni
hah-zood-ni

to lie /down/
/le/feküdni
le-fe-küd-ni

life
élet
ay-let

lift
lift
lift

to lift
felemelni
fel-e-mel-ni

light
1. *(noun)* fény
2. *(adj.)* könnyű
fayny, köny-nyű

lighter
öngyújtó
ön-dyúy-tó

lightning
villám
vil-lám
to like
tetszeni
tet-se-ni
I **like** you.
Ön tetszik nekem.
ön te-tsik ne-kem
I don't **like** this.
Ez nem tetszik.
ez nem te-tsik
I should **like** ....
szeretnék ....
se-ret-nayk
likely
valószínű
vah-ló-see-nű
lilac
orgona
or-go-nah
lily
liliom
li-li-om
limbs
végtagok
vayg-tah-gok
line *(in all senses)*
vonal
vo-nahl
linen
vászon
vá-son
lion
oroszlán
o-ros-lán
lip(s)
ajak
ah-yahk
lipstick
rúzs
rúzh
list
lista
lish-tah
to listen
figyelni, hallgatni
fi-dyel-ni, hahl-gaht-ni
Listen to me!
Ide figyeljen!
i-de fi-dyel-yen
I **listen to** [the radio].
Hallgatom [a rádiót].
hahl-gah-tom ah rá-di-ót
literature
irodalom
i-ro-dah-lom
little
kicsi
ki-tchi

to live
élni
ayl-ni
liver
máj
máy
living room
nappali szoba
nahp-pah-li so-bah
lobster
homár
ho-már
to lock
bezárni
be-zár-ni
lodging
(magán)szállás
mah-gán-sál-lásh
logic
logika
lo-gi-kah
long
hosszú
hos-sú
long-distance call
interurbán hívás
in-ter-oor-bán hee-vásh
for long/for a long time
sokáig
sho-ká-ig
to look
nézni
nayz-ni
LOOK LEFT/RIGHT!
Nézzen balra/jobbra!
nayz-zen bahl-rah/yob-rah
***Look** here!*
Ide figyeljen!
i-de fi-dyel-yen
to look for
keresni
ke-resh-ni
I am **looking for** [my ticket]
Keresem [a jegyemet].
ke-re-shem ah ye-dye-met
looking glass
tükör
tü-kör
LOOK OUT!
Vigyázz!
vi-dyázz
lorry
teherautó
te-her-aoo-tó
to loose
elveszíteni
el-ve-see-te-ni

I **lost** [my passport].
Elvesztettem [az útlevelemet].
el-ves-tet-tem ahz út-le-ve-le-met

I **lost** my way.
Eltévedtem.
el-tay-vet-tem

[My suitcase] is **lost**.
Elveszett [a bőröndöm].
el-ve-sett ah bő-rön-döm

lot of [books]
sok, rengeteg [könyv]
shok, ren-ge-teg könyv

loud
hangos
hahn-gosh

love *(noun)*
szeretet
se-re-tet

I am in **love** /with you/
szerelmes vagyok /beléd/
se-rel-mesh vah-dyok be-layd

to love
szeretni
se-ret-ni

I **love** you
szeretlek
se-ret-lek

lovely
kedves
ked-vesh

low
alacsony
ah-lah-tchony

lower
alsó
ahl-shó

lucky
szerencsés
se-ren-tchaysh

luggage
poggyász
pody-dyás

luke warm
langyos
lahn-dyosh

lunch
ebéd
e-bayd

lunch-time
ebédidő
e-bayd-i-dő

lung(s)
tüdő
tü-dő

Lutheran
evangélikus
e-vahn-gay-li-koosh

M

machine
gép
gayp
magazine
(képes) folyóirat
kay-pesh fo-yó-i-raht
maiden name
lánykori név
lány-ko-ri nayv
to mail [a letter]
[levelet] feladni
le-ve-let fel-ahd-ni
mail box
postaláda
posh-tah-lá-dah
main course
főfogás
fő-fo-gásh
MAIN-LINE STATION
vasútállomás
vah-shút-ál-lo-másh
mainly
főleg
fő-leg
maize
kukorica
koo-ko-ri-tsah
majority
többség
többb-shayg
to make
csinálni
tchi-nál-ni
to make friends
barátságot kötni
bah-rát-shá-got köt-ni
male
1. *(man)* férfi
2. *(animal)* hím
fayr-fi, heem
man
1. *(male)* férfi
2. *(human being)* ember
fayr-fi, em-ber
manicure
manikűr
mah-ni-kűr
mankind
emberiség
em-be-ri-shayg
manner
viselkedés
vi-shel-ke-daysh

many
sok
shok

map
térkép
tayr-kayp

I want a /road/ **map** of [Hungary].
Egy [Magyarország] /autó/térképet szeretnék.
edy mah-dyahr-or-ság aoo-tó-tayr-kay-pet se-ret-nayk

marble
márvány
már-vány

margarine
margarin
mahr-gah-rin

marital status
családi állapota
tchah-lá-di ál-lah-po-tah

mark
jel(zés)
yel-zaysh

market
piac
pi-ahts

marmalade
narancsíz
nah-rahntch-eez

marriage
házasság
há-zahsh-shág

married
1. *(male)* nős
2. *(female)* férjezett
nősh, fayr-ye-zett

mashed potato
krumplipüré
kroomp-li-pü-ray

mass *(in church)*
mise
mi-she

massage
masszázs
mahs-sázh

master
mester
mesh-ter

match *(play)*
mérkőzés, meccs
mayr-kő-zaysh, match

match(es)
gyufa
dyoo-fah

material
anyag
ah-nyahg

math(ematics)
matematika, matek
mah-te-mah-ti-kah, mah-tek

May I [take it]?
Szabad [elvenni]?
sah-bahd el-ven-ni
May I open the window?
Kinyithatom az ablakot?
ki-nyit-hah-tom ahz ahb-lah-kot
[He] **may** not come.
[Ő] lehet, hogy nem jön.
ő le-het hody nem jön
maybe
talán
tah-lán
meal
étkezés
ayt-ke-zaysh
to measure
megmérni
meg-mayr-ni
Measure my size!
Mérje meg a méretemet!
mayr-ye meg ah may-re-te-met
meat
hús
húsh
medicine
1. *(science)* orvostudomány
or-vosh-too-do-mány
2. *(remedy)* gyógyszer
dyódy-ser
medicinal bath/water
gyógyfürdő/gyógyvíz
dyódy-für-dő/dyódy-veez
Mediterranean Sea
Földközi-tenger
föld-kö-zi-ten-ger
member
tag
tahg
MEN AT WORK
Vigyázat! Dolgoznak.
vi-dyá-zaht dol-goz-nahk
MEN'S ROOM
férfi vécé
fayr-fi vay-tsay
menu
étlap
ayt-lahp
The **menu**, please!
Kérem az étlapot!
kay-rem ahz ayt-lah-pot
message
üzenet
ü-ze-net
May I leave a **message** for him/her?
Hagyhatok neki egy üzenetet?
hahdy-hah-tok ne-ki edy ü-ze-ne-tet

metal
fém
faym

method
módszer
mód-ser

middle
közepe
kö-ze-pe

in the **middle**
középen
kö-zay-pen

Middle East
Közel-Kelet
kö-zel-ke-let

midnight
éjfél
ay-fayl

at **midnight**
éjfélkor
ay-fayl-kor

mild
enyhe
eny-he

mile
mérföld
mayr-föld

milk
tej
tey

million
millió
mil-li-ó

minced meat
fasírt
fah-sheert

mine
enyém
e-nyaym

This [suitcase] is **mine**.
Ez a [bőrönd] az enyém.
ez ah bő-rönd ahz e-nyaym

mineral water
ásványvíz
ásh-vány-veez

minister *(governmental)*
miniszter
mi-nis-ter

ministry *(Government office)*
minisztérium
mi-nis-tay-ri-oom

minority
kisebbség
kish-shebb-shayg

minute
perc
perts

Just a **minute**!
Várjon egy percet!
vár-yon edy per-tset

mirror
tükör
tü-kör
mission
küldetés
kül-de-taysh
mistake
hiba
hi-bah
by **mistake**
tévedésből
tay-ve-daysh-ből
misunderstanding
félreértés
fayl-re-ayr-taysh
to mix
összekeverni
ös-se-ke-ver-ni
mixed
keverve
ke-ver-ve
mixture
keverék
ke-ve-rayk
modern
modern
mo-dern
modest
szerény
se-rayny

moment
pillanat
pil-lah-naht
monastery
kolostor
ko-losh-tor
Monday
hétfő
hayt-fő
money
pénz
paynz
money order
pénzesutalvány
payn-zesh-oo-tahl-vány
monkey
majom
mah-yom
month
hónap
hó-nahp
monument
emlékmű
em-layk-mű
moon
hold
hold
more /than/
több /mint/
több mint

morello
meggy
meddy
morning
reggel
reg-gel
in the **morning**
1. reggel
2. *(after 9 am)* délelőtt
reg-gel, dayl-e-lőtt
this/next **morning**
ma/holnap (1.) reggel, (2.) délelőtt
mah/hol-nahp reg-gel/ dayl-e-lőtt
Moscow
Moszkva
mosk-vah
mosquito
szúnyog
sú-nyog
mostly
leginkább
leg-in-kább
mother
anya
ah-nyah
mother-in-law
anyós
ah-nyósh
motion picture
film
film
motorcycle
motorbicikli
mo-tor-bi-cik-li
motorway
autópálya
aoo-tó-pá-yah
mountain
hegy
hedy
mouse
egér
e-gayr
moustache
bajusz
bah-yoos
mouth
száj
sáy
movie
film
film
movies
mozi
mo-zi
MUSEUM
múzeum
mú-ze-oom

mushroom
gomba
gom-bah
music
zene
ze-ne
musician
zenész
ze-nays
must
kell
kell
I **must** go now.
Most mennem kell.
mosht men-nem kell
You **must not** [believe] ....
Nem szabad azt [hinnie]....
nem sah-bahd ahzt hinni-e
mustard
mustár
moosh-tár
my [book]
az én [könyv]em
ahz ayn köny-vem

N

nail *(on finger)*
köröm
kö-röm
nail polish
körömlakk
kö-röm-lahk
name
név
nayv
narrow
keskeny
kesh-keny
nation
nemzet
nem-zet
national
nemzeti
nem-ze-ti
nationality
nemzetiség
nem-ze-ti-shayg
natural sciences
természettudományok
ter-may-set-too-do-mányok

nature
természet
ter-may-set

nausea
hányinger
hány-in-ger

near
közel(i)
kö-ze-li

neck
nyak
nyahk

I **need**...
nekem kell...
ne-kem kell

I **need** something lighter/warmer
Valami könnyebbre/melegebbre van szükségem
vah-lah-mi kony-nyebb-re/me-le-gebb-re vahn sük-shay-gem

I **need** your advice/help
Szükségem van a tanácsára/segítségére
sük-shay-gem vahn ah tah-ná-tchá-rah/she-geet-shay-gay-re

needle
tű
tű

neighbo(u)r
szomszéd
som-sayd

neither .... nor
sem .... sem
shem .... shem

nerve
ideg
i-deg

nervous
ideges
i-de-gesh

net *(fishing, sport)*
háló
há-ló

net weight
nettó súly
net-tó shúy

network
hálózat
há-ló-zaht

nephew
unokafivér
oo-no-kah-fee-vayr

nest
fészek
fay-sek

The Netherlands
Hollandia
hol-lahn-di-ah

neutral/ity/
semleges/ség/
shem-le-gesh-shayg

never
soha
sho-hah

never again
soha többé
sho-hah töb-bay

Never mind!
Ne törődjön vele!
ne tö-ről-dyön ve-le

new
új
úy

news
újság, hír
úy-shág, heer

news agency
hírügynökség
heer-üdy-nök-shayg

newscast
hírek
hee-rek

newspaper
újság, hírlap
úy-shág, heer-lahp

newsreel
híradó
heer-ah-dó

news stand
újságos stand
úy-shá-gosh shtahnd

next
következő
kö-vet-ke-ző

next week/month
a jövő héten/hónapban
ah yö-vő hay-ten/hó-nahp-bahn

next year
jövőre
yö-vő-re

nice
szép
sayp

niece
unokanővér
oo-no-kah-nő-vayr

night/at night
éjszaka
ay-sah-kah

night club
éjjeli mulató
ay-ye-li moo-lah-tó

night gown
hálóing
há-ló-ing

nine
kilenc
ki-lents

nineteen
tizenkilenc
ti-zen-ki-lents

no, not
nem
nem

NO ADMITTANCE
Tilos a belépés!
ti-losh ah be-lay-paysh

NO CROSSING
Tilos az átkelés!
ti-losh ahz át-ke-laysh

NO ENTRANCE
Nem bejárat!
nem be-yá-raht

NO LEFT/RIGHT TURN
Balra/Jobbra fordulni tilos!
bahl-rah/yobb-rah for-dool-ni tilosh

NO LITTERING
Tilos a szemetelés!
ti-losh ah se-me-te-laysh

NO OVERTAKING
Tilos az előzés!
ti-losh ahz e-lő-zaysh

NO PARKING
Tilos a parkolás!
ti-losh ah pahr-ko-lásh

NO SMOKING
Tilos a dohányzás!
ti-losh ah do-hány-zásh

NO STOPPING
Tilos megállni!
ti-losh meg-áll-ni

NO THOROUGHFARE
Járműforgalom elől elzárva!
yár-mű-for-gah-lom e-lől el-zár-vah

NO TRESPASSING
Tilos az átjárás!
ti-losh ahz át-yá-rásh

NO U-TURN
Megfordulni tilos!
meg-for-dool-ni ti-losh

NO WAITING
Várakozni tilos!
vá-rah-koz-ni ti-losh

nobody
senki
shen-ki

noise
zaj
zahy

noisy
zajos
zah-yosh

non-alcoholic
alkoholmentes
ahl-ko-hol-men-tesh
non-fiction
szakirodalom
sahk-i-ro-dah-lom
nonsense
nonszensz, képtelenség
kayp-te-len-shayg
NON SMOKER
Nem dohányzó
nem do-hány-zó
noodle
vékonymetélt
vay-kony-me-taylt
noon
dél
dayl
at **noon**
délben
dayl-ben
normally
általában
ál-tah-lá-bahn
North/ern/
észak/i/
ay-sah-ki
North/South/ etc. **of**....
....-tól északra/délre/....
...-tól ay-sahk-rah/dayl-re/....

Norway
Norvégia
nor-vay-gi-ah
nose
orr
orr
nothing
semmi
shem-mi
Nothing else, thank you.
Köszönöm, mást nem (kérek).
kö-sö-nöm másht nem kay-rek
novel
regény
re-gayny
now
most
mosht
nowhere
sehol
she-hol
number
szám
sám
number plate
rendszámtábla
rend-sám-táb-lah

nurse
ápolónővér
á-po-ló-nő-vayr
nut
dió
di-ó

O

oak
tölgy
töldy
ocean
óceán
ó-tse-án
OCCUPIED
foglalt
fog-lahlt
to occupy
elfoglalni
el-fog-lahl-ni
When can I **occupy** the room?
Mikor foglalhatom el a szobát?
mi-kor fog-lahl-hah-tom el ah so-bát
office
hivatal
hi-vah-tahl
official
hivatalos
hi-vah-tah-losh

oil
olaj
o-lahy
old
1. *(man)* öreg
2. *(object)* régi
ö-reg, ray-gi
on [the table]
[az asztal]on
ahz ahs-tah lon
on [Saturday]
[szombat]-on
som-bah-ton
on you/him, her, it
rajtad/rajta
rahy-tahd, rahy-tah
once
egyszer
edy-ser
once more
még egyszer
mayg edy-ser
one
egy
edy
one and a half
másfél
másh-fayl
ONE WAY STREET
egy irányú utca
edy i-rá-nyú oot-tsah
one way ticket
egy útra szóló jegy
edy út-rah só-ló yedy
only
csak
tchahk
open *(adj.)*
1. *(man)* nyílt
2. *(object)* nyitott
nyeelt, nyi-tott
OPEN FROM [...] TO [...]
Nyitva [...]-tól [...]-ig
nyit-vah tól ig
to open
kinyitni
ki-nyit-ni
***Open** your suitcase!*
Nyissa fel a bőröndjét!
nyish-shah fel ah bő-rönd-yayt
*/Don't/ **open** the door!*
/Ne/ nyissa ki az ajtót!
ne nyish-shah ki ahz ahy-tót
open air concert/theater
szabadtéri koncert/színpad
sah-bahd-tay-ri kon-tsert/seen-pahd
opera
opera
o-pe-rah

opera glass(es)
látcső
lát-tchő

to operate
1. *(a doctor)* operálni
2. *(a machine)* működni
o-pe-rál-ni, mű-köd-ni

It's not ***operating.***
Nem működik.
nem mű-kö-dik

operation *(surgical)*
műtét
mű-tayt

operetta
operett
o-pe-rett

opportunity
alkalom
ahl-kah-lom

optimist(ic)
optimista
op-ti-mish-tah

opinion
vélemény
vay-le-mayny

in my **opinion**
véleményem szerint
vay-le-may-nyem se-rint

or
vagy
vahdy

orange
narancs
nah-rahntch

orchestra
zenekar
ze-ne-kahr

order
1. *(arrangement)* rend
2. *(trade)* rendelés
rend, ren-de-laysh

[two] **orders** of [fried eggs]
[Két] adag [tükörtojás]t!
kayt ah-dahg tü-kör-to-yásht

to order
megrendelni
meg-ren-del-ni

organ *(music)*
orgona
or-go-nah

organization
szervezet
ser-ve-zet

to organize
szervezni
ser-vez-ni

organizing committee
szervezőbizottság
ser-ve-ző-bi-zot-tchág

oriental
keleti
ke-le-ti

original
eredeti
e-re-de-ti
other
más
másh
the other day
a minap
ah mi-nahp
the others
a többiek
ah töb-bi-ek
otherwise
máskülönben
másh-kü-lön-ben
ought to [...]
kellene
kel-le-ne
ought not [...]
nem kellene **[...]**
nem kel-le-ne
our [car]
a mi [kocsi]nk
ah mi ko-tchink
ours
a mienk
ah mi-enk
out of [the room]
[a szobá]-ból
ah so-bá-ból
out-of-date
elavult
el-ah-voolt
OUT OF ORDER
Nem működik.
nem mű-kö-dik
outdoors
szabad ég alatt
sah-bahd ayg ah-lahtt
output
teljesítmény
tel-ye-sheet-mayny
outrageous
felháborító
fel-há-bo-ree-tó
outside
kint
kint
outstanding
kiváló
ki-vá-ló
oval
ovális
o-vá-lish
over [...]
[...] felett
fe-lett
overcoat
felöltő
fel-öl-tő

to overcome
győzni
dyőz-ni

overseas
tengerentúl(i)
ten-ge-ren-túl-i

overtime
túlóra
túl-ó-rah

overturn
felborulni
fel-bo-rool-ni

overwhelming
túlnyomó
túl-nyo-mó

to owe
tartozni
tahr-toz-ni

I **owe** you [five dollars].
Tartozom Önnek [öt dollár]-ral.
tahr-to-zom ön-nek öt dol-lár-rahl

owing to [...]
[...] miatt
mi-ahtt

owl
bagoly
bah-goy

own
saját
shah-yát

owner
tulajdonos
too-lahy-do-nosh

ox
ökör
ö-kör

oxtail soup
ökörfarokleves
ö-kör-fah-rok-le-vesh

oxygen
oxigén
ok-si-gayn

oyster
osztriga
ost-ri-gah

P

to pack
csomagolni
tcho-mah-gol-ni

package
csomag
tcho-mag

page *(in a book)*
oldal
ol-dahl

pain
fájdalom
fáy-dah-lom

painful
fájdalmas
fáy-dahl-mahsh

pain killer
fájdalomcsillapító
fáy-dah-lom-tchil-lah-pee-tó

paint *(noun)*
festék
fesh-tayk

to paint
festeni
fesh-te-ni

painter
festő
fesh-tő

painting
festmény
fesht-mayny

pair
pár
pár

pajama(s)
pizsama
pi-zhah-mah

palace
palota
pah-lo-tah

pale
sápadt
shá-pahtt

pancake
palacsinta
pah-lah-tchin-tah

panorama
panoráma
pah-no-rá-mah

panther
párduc
pár-doots

panties
bugyi
boo-dyi

paper *(material)*
papír
pah-peer
paper napkin
papírzsebkendő
pah-peer-zheb-ken-dő
parcel
csomag
tcho-mahg
Pardon me!
Bocsánat!
bo-tchá-naht
parents
szülők
sü-lők
park
park
pahrk
to park
parkolni
pahr-kol-ni
parking house
parkolóház
pahr-ko-ló-ház
parking lot
parkoló hely
pahr-ko-ló hey
parking meter
parkolóóra
pahr-ko-ló-ó-rah
Parliament
parlament
pahr-lah-ment
parrot
papagály
pah-pah-gáy
parsley
petrezselyem
pet-re-zhe-yem
part
rész
rays
part-time job
részmunkaidős állás
rays-moon-kah-i-dősh ál-
lásh
partial
részleges
rays-le-gesh
to participate
részt venni
rayst ven-ni
participation
részvétel
rays-vay-tel
particular
sajátos
shah-yá-tosh
Nothing in **particular**!
Semmi különös!
shem-mi kü-lö-nösh

party
párt
párt
to pass an examination
vizsgázni
vizh-gáz-ni
passenger
utas
oo-tahsh
Passover
pészah
pay-sakh
passport
útlevél
út-le-vayl
passport control
útlevélvizsgálat
út-le-vayl-vizh-gá-laht
past *(noun + adj.)*
múlt
múlt
pastime
időtöltés
i-dő-töl-taysh
What is your favourite **pastime**?
Mi a kedvenc időtöltése?
mi ah ked-vents i-dő-töl-tay-she
pastor
lelkipásztor
lel-ki-pás-tor
pastry
sütemény
shü-te-mayny
patience
türelem
tü-re-lem
patient *(adj.)*
türelmes
tü-rel-mesh
pavement *(GB)*
járda
yár-dah
to pay
fizetni
fi-zet-ni
We **pay** together/separately.
Együtt/Külön fizetünk.
e-dyütt/kü-lön fi-ze-tünk
pea
borsó
bor-shó
peace
béke
bay-ke
peaceful
békés
bay-kaysh

peach
őszibarack
ő-si-bah-rahtsk
peacock
páva
pá-vah
peanut
amerikai mogyoró
ah-me-ri-kah-i mo-dyo-ró
pear
körte
kör-te
pearl
gyöngy
dyöndy
peasant
paraszt
pah-rahst
peculiar
különös
kü-lö-nösh
pedal
pedál
pe-dál
pedestrian
gyalogos
dyah-lo-gosh
PEDESTRIAN CROSSING
gyalogátkelőhely
dyah-log-át-ke-lő-hey
pedicure
pedikűr
pe-di-kűr
pen
toll
toll
penalty
büntetés
bün-te-taysh
pencil
ceruza
tse-roo-zah
peninsula
félsziget
fayl-si-get
pension
nyugdíj
nyoog-deey
pensioner
nyugdíjas
nyoog-dee-yahsh
Pentecost
pünkösd
pün-köshd
people
1. *(nation)* nép
2. *(men)* emberek
nayp, em-be-rek
percent
százalék
sá-zah-layk

perfect
tökéletes
tö-kay-le-tesh
performance
előadás
e-lő-ah-dásh
When does the **performance** begin?
Mikor kezdődik az előadás?
mi-kor kez-dő-dik ahz e-lő-ah-dásh
perfume
parfüm
pahr-füm
perhaps
talán
tah-lán
period
időszak
i-dő-sahk
permanent residence
állandó lakhely
ál-lahn-dó lahk-hey
permission
engedély
en-ge-day
to permit
megengedni
meg-en-ged-ni
Permit me to...
Engedje meg, hogy...
en-ged-dye meg hody
person
személy
se-may
personal
személyes
se-may-yesh
personal belonging(s)
személyes holmi
se-may-yesh hol-mi
personal data
személyi adatok
se-may-yi ah-dah-tok
pessimist/ic/
pesszimista
pes-si-mish-tah
PETROL STATION
benzinkút
ben-zin-kút
PHARMACY
gyógyszertár
dyódy-ser-tár
pheasant
fácán
fá-tsán
phone-booth
telefonfülke
te-le-fon-fül-ke

phone-number
telefonszám
te-le-fon-sám
phonographic record
hanglemez
hahng-le-mez
photo
fénykép
fayny-kayp
May I take **photos**?
Fényképezhetek?
fayny-kay-pez-he-tek
to photograph
fényképezni
fayny-kay-pez-ni
photography
fényképezés
fayny-kay-pe-zaysh
physician
orvos
or-vosh
physicist
fizikus
fi-zi-koosh
physics
fizika
fi-zi-kah
piano
zongora
zon-go-rah
to pick out
kiválasztani
ki-vá-lahs-tah-ni
picture
kép
kayp
picture post-card
képes levelezőlap
kay-pesh-le-ve-le-ző lahp
piece
darab
dah-rahb
pig
disznó
dis-nó
pigeon
galamb
gah-lahmb
pill
tabletta
tahb-let-tah
pillow
párna
pár-nah
pilot
pilóta
pi-ló-tah
pin
tű
tű

pine
fenyő
fe-nyő
pineapple
ananász
ah-nah-nás
pink
rózsaszín(ű)
ró-zhah-see-nű
pipe *(for smoking)*
pipa
pi-pah
It's a **pity**!
(De) kár!
de kár
place
hely
hey
place of birth
születési hely
sü-le-tay-shi hey
plain *(noun)*
síkság
sheek-shág
plant
növény
nö-vayny
plastic
műanyag, plasztik
mű-ah-nyahg, plahs-tik
plate
tányér
tá-nyayr
platform
peron
pe-ron
platter
tál
tál
play
1. *(child, sport)* játék
2. *(theater)* színdarab
yá-tayk, seen-dah-rahb
to play
játszani
yát-sah-ni
to play chess/golf/etc.
sakkozni/golfozni
shahk-koz-ni, gol-foz-ni
Where could we **play** tennis?
Hol teniszezhetnénk?
hol te-ni-sez-het-naynk
playing cards
(játék)kártya
yá-tayk-kár-tyah
pleasant
kellemes
kel-le-mesh
please
kérem
kay-rem

/With/ **pleasure**
Öröm/mel/
ö-röm-mel

pleasure boat
sétahajó
shay-tah-hah-yó

plum
szilva
sil-vah

pocket
zseb
zheb

pocket radio
zsebrádió
zheb-rá-di-ó

poem
vers
versh

poet
költő
köl-tő

point
pont
pont

poison
méreg
may-reg

Poland
Lengyelország
len-dyel-or-ság

Pole
lengyel
len-dyel

POLICE
rendőrség
rend-őr-shayg

policeman
rendőr
ren-dőr

police station
őrszoba
őr-so-bah

Polish
lengyel
len-dyel

polite
udvarias
ood-vah-ri-ash

political
politikai
po-li-ti-kah-i

politics
politika
po-li-ti-kah

poor
szegény
se-gayny

poppy seed
mák
mák

popular
népszerű
nayp-se-rű
population
lakosság
lah-kosh-shág
pork
disznóhús
dis-nó-húsh
fillets of **pork**
szűzérmék
sűz-ayr-mayk
porter *(rail)*
hordár
hor-dár
portion
adag
ah-dahg
postage
postadíj
posh-tah-deey
post-card
levelezőlap
le-ve-le-ző-lahp
postcode *see* ZIP-code
postman
postás
posh-tásh
POST OFFICE
posta(hivatal)
posh-tah-hi-vah-tahl
potato
krumpli
kroomp-li
pot-belly
pocak
po-tsahk
poultry
szárnyas
sár-nyahsh
powder
por
por
power
1. *(strength)* erő
2. *(politics)* hatalom
e-rő, hah-tah-lom
practice
gyakorlat
dyah-kor-laht
practical
gyakorlati, praktikus
dyah-kor-lah-ti, prahk-ti-koosh
practical joke
rossz vicc
ross vits
Prague
Prága
prá-gah
pram
gyermekkocsi
dyer-mek-ko-tchi

prescription
recept
re-tsept
presence
jelenlét
ye-len-layt
in my **presence**
jelenlétemben
ye-len-lay-tem-ben
present
1. *(gift)* ajándék
2. *(not past)* jelen
ah-yán-dayk, ye-len
president
elnök
el-nök
press
sajtó
shahy-tó
price
ár
ár
What's the **price**?
Mibe kerül?
mi-be ke-rül
pride
büszkeség
büs-ke-shayg
priest
pap
pahp
Prime Minister
miniszterelnök
mi-nis-ter-el-nök
principle
elv
elv
prison
börtön
bör-tön
prisoner
rab
rahb
private
magán
mah-gán
for **private** use
személyes használatra
se-may-yesh hahs-ná-laht-rah
prize
díj
deey
probably
valószínűleg
vah-ló-see-nű-leg
problem
probléma
prob-lay-mah
to produce
gyártani
dyár-tah-ni

product
termék
ter-mayk

production
termelés
ter-me-laysh

profession
hivatás
hi-vah-tásh

professional
hivatásos
hi-vah-tá-shosh

professor
professzor
pro-fes-sor

profit
haszon
hah-son

program(me)
program
pro-grahm

progress
haladás
hah-lah-dásh

prohibited
tilos
ti-losh

to prolong
meghosszabbítani
meg-hos-sahb-bee-tah-ni

I'd like to **prolong** my stay!
Szeretném meghosszabbítani az itt-tartózkodásomat!
se-ret-naym meg-hos-sahb-bee-tah-ni ahz itt-tahr-tóz-ko-dá-sho-maht

promise *(noun)*
ígéret
ee-gay-ret

to promise
megígérni
meg-ee-gayr-ni

promotion
1. *(trade)* propaganda
pro-pah-gahn-dah
2. *(office)* előléptetés
e-lő-layp-te-taysh

pronunciation
kiejtés
ki-ey-taysh

propaganda
propaganda
pro-pah-gahn-dah

to protest
tiltakozni
til-tah-koz-ni

Protestant
protestáns
pro-tesh-tánsh

proud
büszke
büs-ke

pub
kocsma
kotch-mah

public
nyilvános
nyil-vá-nosh

public bath
közfürdő
köz-für-dő

PUBLIC CONVENIENCES
nyilvános vécé
nyil-vá-nosh vay-tsay

publication
kiadvány
ki-ahd-vány

to publish
kiadni
ki-ahd-ni

to PULL
húzni
húz-ni

pullover
pulóver
poo-ló-ver

pulse
pulzus
pool-zoosh

punishment
büntetés
bün-te-taysh

puppet show
bábszínház
báb-seen-ház

purchase
vétel
vay-tel

pure
tiszta
tis-tah

purpose
cél
tsayl

purse
pénztárca
paynz-tár-tsah

I lost my **purse**!
Elvesztettem a pénztárcámat!
el-ves-tet-tem ah paynz-tár-tsá-maht

to PUSH
tolni
tol-ni

Don't **push**!
Ne tolakodjék!
ne to-lah-kod-dyayk

to put
tenni
te-ni
Put it here!
Tegye ide!
te-dye i-de
puzzle *(noun)*
rejtély
rey-tay
pyjamas
pizsama
pi-zhah-mah

Q

quarter
negyed
ne-dyed
queen
királynő
ki-ráy-nő
question
kérdés
kayr-daysh
QUEUE HERE
Itt kell sorba állni!
itt kell shor-bah ál-ni
quick/ly/
gyors/an/
dyor-shahn

R

rabbit
házinyúl
há-zi-nyúl
radish
retek
re-tek
radio-set
rádiókészülék
rá-di-ó-kay-sü-layk
radio station
rádióállomás
rá-di-ó-ál-lo-másh
railroad/railway station
vasútállomás
vah-shút-ál-lo-másh
rain/y/
eső/s/
e-shősh
Can we expect **rain** [today]?
Számíthatunk [ma] esőre?
sá-meet-hah-toonk mah e-shő-re
It's **raining**.
Esik az eső.
e-shik ahz e-shő
rainbow
szivárvány
si-vár-vány
raisin
mazsola
mah-zho-lah
rare
ritka
rit-kah
rarity
ritkaság
rit-kah-shág
raspberry
málna
mál-nah
rat
patkány
paht-kány
rate of exchange
árfolyam
ár-fo-yahm
raw
nyers
nyersh
razor blade
(zsilett) penge
zhi-lett pen-ge
to read
olvasni
ol-vahsh-ni

ready
kész
kays
Are you **ready**?
Kész van?
kays vahn
Get **ready**!
Készülj!
kay-süly
real
igazi
i-gah-zi
Really?
Igazán?
i-gah-zán
rear-view mirror
visszapillantó tükör
vis-sah-pil-lahn-tó tü-kör
receipt
elismervény
el-ish-mer-vayny
to receive
kapni
kahp-ni
receiver *(telephone)*
hallgató
hahl-gah-tó
reception *(desk)*
recepció, porta
re-tsep-tsi-ó, por-tah
recipe
recept
re-tsept
record *(phonographic)*
hanglemez
hahng-le-mez
record-shop
hanglemezbolt
hahng-le-mez-bolt
red
piros
pi-rosh
red pepper
piros paprika
pi-rosh pahp-ri-kah
red wine
vörösbor
vö-rösh-bor
REDUCE SPEED!
Lassíts!
lahsh-sheetch
referee
bíró
bee-ró
refrigerator
hűtőszekrény
hű-tő-sek-rayny
to register
jelentkezni
ye-lent-kezni

REGISTERED LETTER
ajánlott levél
ah-yán-lott le-vayl
to regret
sajnálni
shahy-nál-ni
rehearsal
próba
pró-bah
relatives
rokonok
ro-ko-nok
religion
vallás
vahl-lásh
religious
vallásos
vahl-lá-shosh
remark
megjegyzés
meg-yedy-zaysh
to remember
emlékezni
em-lay-kez-ni
to rent
bérelni
bay-rel-ni
I want to **rent** a car
Kocsit szeretnék bérelni
ko-tchit se-ret-nayk bay-rel-ni
repair *(noun)*
javítás
yah-vee-tásh
to repair
megjavítani
meg-yah-vee-tah-ni
repair-shop
javítóműhely
yah-vee-tó-mű-hey
to repeat
ismételni
ish-may-tel-ni
Repeat it, please!
Kérem, ismételje meg!
kay-rem ish-may-tel-ye meg
to replace
pótolni
pó-tol-ni
report *(noun)*
riport
ri-port
reporter
riporter
ri-por-ter
republic
köztársaság
köz-tár-shah-shág
request
kérés
kay-raysh

to rescue
megmenteni
meg-men-te-ni

research
kutatás
koo-tah-tásh

researcher/research worker
kutató
koo-tah-tó

reservation
helyfoglalás
hey-fog-lah-lásh

I have a **reservation**.
Van helyfoglalásom.
vahn hey-fog-lah-lá-shom

I want to make a **reservation**...
Szeretnék helyet foglalni...
se-ret-nayk he-yet fog-lahl-ni

to reserve
lefoglalni
le-fog-lahl-ni

RESERVED
foglalt
fog-lahlt

residential district
lakónegyed
lah-kó-ne-dyed

resort
üdülő
ü-dü-lő

to rest
pihenni
pi-hen-ni

RESTAURANT
étterem
ayt-te-rem

Where is a good **restaurant**?
Hol van egy jó étterem?
hol vahn edy yó ayt-te-rem

result
eredmény
e-red-mayny

retirement /age/
nyugdíj/kor/
nyoog-deey-kor

to return *(to go back)*
visszatérni
vis-sah-tayr-ni

When do you **return** to [....]?
Mikor megy vissza [....]-ba?
mi-kor medy vis-sah ...-bah

return ticket
menettérti jegy
me-net-tayr-ti yedy

reverse film
fordítós film
for-dee-tósh film
rheumatic fever
reuma
re-oo-mah
rhythm
ritmus
rit-moosh
rhythmical
ritmikus
rit-mi-koosh
rib
borda
bor-dah
rice
rizs
rizh
rich
gazdag
gahz-dahg
right
1. *(OK)* helyes
2. *(not left)* jobb
he-yesh, yobb
ring
gyűrű
dyű-rű
to ring the bell
csengetni
tchen-get-ni
river
folyó
fo-yó
river bank
folyópart
fo-yó-pahrt
road
út
út
ROAD CONSTRUCTION
útépítés
út-ay-pee-taysh
road-map
autótérkép
aoo-tó-tayr-kayp
roast meat
sült hús
shült húsh
rock
szikla
sik-lah
role
szerep
se-rep
roof
tető
te-tő
room
szoba
so-bah

ROOM AND BOARD
lakás és ellátás
lah-kásh aysh el-lá-tásh
room number
szobaszám
so-bah-sám
rope
kötél
kö-tayl
rose
rózsa
ró-zhah
rough
durva
door-vah
round
kerek
ke-rek
round [the table]
[az asztal] körül
ahz ahs-tahl kö-rül
round-trip ticket
menettérti jegy
me-net-tayr-ti yedy
route *(direction)*
útirány
út-i-rány
row *(noun)*
sor
shor
to row
evezni
e-vez-ni
royal
királyi
ki-rá-yi
royalty *(sum)*
tiszteletdíj
tis-te-let-deey
to rub
dörzsölni
dör-zhöl-ni
rubber
gumi
goo-mi
rude
durva
door-vah
rug
szőnyeg
ső-nyeg
ruins
romok
ro-mok
rule
szabály
sah-báy
rum
rum
room

R(o)umania
Románia
ro-má-ni-ah
to run
futni
foot-ni
rush hours
csúcsforgalom
tchútch-for-gah-lom
Russian
orosz
o-ros
rye/-bread/
rozs/kenyér/
rozh-ke-nyayr

S

sad
szomorú
so-mo-rú
safety pin
biztosítótű
biz-to-shee-tó-tű
sailing boat
vitorlás hajó
vi-tor-lásh hah-yó
SHAKE WELL BEFORE USE
Használat előtt felrázandó!
hahs-ná-laht e-lőtt fel-rá-zahn-dó
salad
saláta
shah-lá-tah
salary
fizetés
fi-ze-taysh
SALE
kiárusítás
ki-á-roo-shee-tásh

sales promotion
reklám
rek-lám
salmon
lazac
lah-zahts
salt/y/
só/s/
shósh
sample
minta
min-tah
sand
homok
ho-mok
sandwich
szendvics
sandwich
satisfied
elégedett
e-lay-ge-dett
I am not **satisfied** with the service.
Nem vagyok megelégedve a kiszolgálással.
nem vah-dyok meg-e-lay-ged-ve ah ki-sol-gá-lásh-shahl
sauce
szósz
sós
saucer
csészealj
tchay-se-ahly
sausage
kolbász
kol-bás
scarf
sál
shál
science
tudomány
too-do-mány
scientific
tudományos
too-do-má-nyosh
scientist
tudós
too-dósh
scissor(s)
olló
ol-ló
school
iskola
ish-ko-lah
school year
tanév
tahn-ayv
scholarship
ösztöndíj
ös-tön-deey

score *(noun)*
eredmény
e-red-mayny

Scotland
Skócia
shkó-tsi-ah

Scots(man)
skót
shkót

sculptor
szobrász
sob-rás

sculpture
1. *(the art)* szobrászat
2. *(a piece of art)* szobor
sob-rá-saht, so-bor

sea
tenger
ten-ger

seat
ülés
ü-laysh

Is this **seat** free?
Szabad ez a hely?
sah-bahd ez ah hey

second
1. *(numeral)* második
2. *(noun)* másodperc
má-sho-dik, má-shod-perts

second-hand shop
használtcikk-üzlet
hahs-nált-tsikk-üz-let

secondary school
középiskola
kö-zayp-ish-ko-lah

secretary
(male) titkár
(female) titkárnő
tit-kár-nő

security check
biztonsági ellenőrzés
biz-ton-shá-gi el-len-őr-zaysh

sedative
nyugtató
nyoog-tah-tó

to see
látni
lát-ni

I see
Értem.
ayr-tem

to seek
keresni
ke-resh-ni

It **seems** that ....
Úgy látszik, hogy ....
údy lát-tsik hody

seldom
ritkán
rit-kán

selection
választék
vá-lahs-tayk
SELF-SERVICE
önkiszolgáló
ön-ki-sol-gá-ló
to sell
eladni
el-ahd-ni
Do you **sell** [maps]?
Árul [térkép]et?
á-rool tayr-kay-pet
semi-dry
félszáraz
fayl-sá-rahz
semi-sweet
félédes
fayl-ay-desh
to send
küldeni
kül-de-ni
I want to **send** a [cable].
[Távirat]ot akarok küldeni.
tá-vi-rah-tot ah-kah-rok kül-de-ni
sensation
szenzáció
sen-zá-tsi-ó
separate(ly)
külön
kü-lön
series
sorozat
sho-ro-zaht
serious/ly/
komoly/an/
ko-mo-yahn
serpent
kígyó
kee-dyó
service *(church)*
istentisztelet
ish-ten-tis-te-let
Is **service** included?
Kiszolgálással együtt?
ki-sol-gá-lásh-shahl e-dyütt
seven
hét
hayt
seventeen
tizenhét
ti-zen-hayt
seventy
hetven
het-ven
severe
súlyos
shú-yosh
to sew
varrni
vahr-ni

shadow
árnyék
ár-nyayk

shallow
sekély
she-kay

shampoo
sampon
shahm-pon

sharp
1. *(knife)* éles
2. *(pepper)* erős
ay-lesh, e-rősh

shave *(noun)*
borotválás
bo-rot-vá-lásh

to shave
borotválkozni
bo-rot-vál-koz-ni

I want to have a **shave**!
Kérek egy borotválást!
kay-rek edy bo-rot-vá-lásht

shaving cream/foam
borotva krém/hab
bo-rot-vah kraym/hahb

she
ő
ő

sheep
juh
yoo

ship
hajó
hah-yó

shoe(s)
cipő
tsi-pő

a pair of **shoes**
egy pár cipő
edy pár tsi-pő

SHOE REPAIR
cipőjavítás
tsi-pő-yah-vee-tásh

to shoot
lőni
lő-ni

shop
bolt
bolt

shop assistant
eladó
el-ah-dó

shopping
(be)vásárlás
be-vá-shár-lásh

shopping area
üzleti negyed
üz-le-ti ne-dyed

shop window
kirakat
ki-rah-kaht

shore
part
pahrt
short *(adj.)*
rövid
rö-vid
short story
elbeszélés, novella
el-be-say-laysh, no-vel-lah
short wave
rövidhullám
rö-vid-hool-lám
shoulder
váll
váll
to show
mutatni
moo-taht-ni
Please **show** me a ....!
Kérem mutasson nekem egy ....
kay-rem moo-tash-shon ne-kem edy ....
shower
zuhany
zoo-hahny
sick
beteg
be-teg
side
oldal
ol-dahl
on the left/right **side**
a bal/jobb oldalon
ah bahl/yobb ol-dah-lon
sidewalk
járda
yár-dah
sight
látvány
lát-vány
What are the **sights** to see?
Mik a látnivalók?
mik ah lát-ni-vah-lók
sightseeing
városnézés
vá-rosh-nay-zaysh
sign *(noun)*
jel(zés)
yel-zaysh
to sign
aláírni
ah-lá-eer-ni
SIGN HERE!
Itt írja alá!
itt eer-yah ah-lá
signature
aláírás
ah-lá-ee-rásh

silent
csendes
tchen-desh

silk
selyem
she-yem

silver
ezüst
e-züsht

similar
hasonló
hah-shon-ló

simple
egyszerű
edy-se-rű

since [last year]
[tavaly] óta
tah-vahy ó-tah

since *(conj.)*
mivel
mi-vel

to sing
énekelni
ay-ne-kel-ni

singer
énekes
ay-ne-kesh

single *(marital status)*
1. *(male)* nőtlen
2. *(female)* hajadon
nőt-len, hah-yah-don

single room
egyágyas szoba
edy-á-dyahsh so-bah

sirloin
vesepecsenye
ve-she-pe-tche-nye

sister
nővér
nő-vayr

to sit
ülni
ül-ni

to sit down
leülni
le-ül-ni

Please, ***sit down!***
Kérem, üljön le!
kay-rem ül-yön le

situation
helyzet
hey-zet

six
hat
haht

sixteen
tizenhat
ti-zen-haht

sixty
hatvan
haht-vahn

size
méret
may-ret
skin
bőr
bőr
skirt
ing
ing
sky
égbolt
ayg-bolt
to sleep
aludni
ah-lood-ni
sleeping-bag
hálózsák
há-ló-zhák
sleeping-pill
altató
ahl-tah-tó
sleepy
álmos
ál-mosh
sleeve(s)
ujj
ooy
slice
szelet
se-let
slipper(s)
papucs
pah-pootch
SLIPPERY WHEN WET
Nedves időben csúszós
ned-vesh i-dő-ben tchú-sósh
slow
lassú
lahsh-shú
slowlier
lassabban
lahsh-shahb-bahn
slowly
lassan
lahsh-shahn
small
kicsi
ki-tchi
smart
elegáns
e-le-gánsh
to smell
szagolni
sah-gol-ni
it **smells**
büdös
bü-dösh
smoke *(noun)*
füst
füsht

to smoke
dohányozni
do-há-nyoz-ni
Do you **smoke**?
Dohányzik?
do-hány-zik
smoked
füstölt
füsh-tölt
smoker
dohányzó
do-hány-zó
smooth
sima
shee-mah
snack-bar
falatozó, ételbár
fah-lah-to-zó, ay-tel-bár
snail
csiga
tchi-gah
snake
kígyó
kee-dyó
snow *(noun)*
hó
hó
soap
szappan
sahp-pahn
soccer
futball
foot-bahl
social security
társadalombiztosítás
tár-shah-dah-lom-biz-to-shee-tásh
socks
zokni
zok-ni
sodawater
szódavíz
só-dah-veez
soft
puha
poo-hah
soft drink
üdítőital
ü-dee-tő-i-tahl
soil
talaj
tah-lahy
sojourn
tartózkodás
tahr-tóz-ko-dásh
soldier
katona
kah-to-nah
some [bread/water]
egy kis [kenyér/víz]
edy kish ke-nyayr/veez

some [books]
egy pár [könyv]
edy pár könyv

some other time
máskor
másh-kor

somebody
valaki
vah-lah-ki

something
valami
vah-lah-mi

sometimes
néha
nay-hah

somewhere
valahol
vah-lah-hol

son
fia
fi-ah

song
dal
dahl

soon
rövidesen
rö-vi-de-shen

sore throat
torokfájás
to-rok-fá-yásh

(I'm) **sorry**
Elnézést!
el-nay-zaysht

Sorry, this is my seat!
Sajnálom, ez az én helyem!
shahy-ná-lom, ez ahz ayn he-yem

soul
lélek
lay-lek

sound
hang
hahng

soup
leves
le-vesh

sour
savanyú
shah-vah-nyú

sour cream
tejföl
tey-föl

sour cherry
meggy
medy

source
forrás
for-rásh

South/ern/
dél/i/
day-li

South-America
Dél-Amerika
dayl-ah-me-ri-kah
SOUVENIER(S)
emlék(tárgy)
em-layk-tárdy
Soviet Union
Szovjetunió
sov-yet-oo-ni-ó
(outer) **space**
űr
űr
Spain
Spanyolország
shpah-nyol-or-ság
Spanish
spanyol
shpah-nyol
spark plug
(gyújtó)gyertya
dyúy-tó-dyer-tyah
sparrow
veréb
ve-rayb
to speak
beszélni
be-sayl-ni
*Do you **speak** English/German?*
Beszél angolul/németül?
be-sayl ahn-go-lool/nay-me-tül
I don't **speak** Hungarian.
Nem beszélek magyarul.
nem be-say-lek mah-dyah-rool
Speak slowly/slowlier!
Lassan/Lassabban be-széljen!
lahsh-shahn/lahsh-shahb-bahn be-sayl-yen
special
speciális
shpe-tsi-á-lish
Special Delivery
expresz
eks-press
speech
beszéd
be-sayd
spectacle(s)
szemüveg
sem-ü-veg
speed
sebesség
she-besh-shayg
speed-limit
megengedett sebesség
meg-en-ge-dett she-besh-shayg
***Spell** your name!*
Betűzze a nevét!
be-tűz-ze ah ne-vayt

to spend
1. *(money)* költeni
2. *(time)* tölteni
köl-te-ni, töl-te-ni
spice
fűszer
fű-ser
spinach
spenót
shpe-nót
spine
gerinc
ge-rints
sponge
szivacs
si-vahtch
spoon
kanál
kah-nál
sport(s)
sport
shport
sportsman
sportoló
shpor-to-ló
spouse
házastárs
há-zahsh-társh
spring
tavasz
tah-vahs
in the **spring**
tavasszal
tah-vahs-sahl
square
1. *(figure)* négyzet
2. *(area)* tér
naydy-zet, tayr
squirrel
mókus
mó-koosh
stadium
stadion
shtah-di-on
stage
színpad
seen-pahd
stamp
bélyeg
bay-yeg
stair(s)
lépcső
layp-tchő
staircase
lépcsőház
layp-tchő-ház
to stand
állni
áll-ni
star
csillag
tchil-lahg

to start (moving)
indulni
in-dool-ni

state
állam
ál-lahm

statement
nyilatkozat
nyi-laht-ko-zaht

station
állomás
ál-lo-másh

stationer('s)
papírbolt
pah-peer-bolt

statue
szobor
so-bor

to stay
maradni
mah-rahd-ni

How long are you ***staying****?*
Meddig maradnak?
med-dig mah-rahd-nahk

We are **staying** for [two days]
[Két napig maradunk.]
kayt nah-pig mah-rah-doonk

steak
szelet
se-let

/stainless/ **steel**
/rozsdamentes/ acél
rozh-dah-men-tesh ah-tsayl

steering-wheel
kormánykerék
kor-mány-ke-rayk

step
lépés
lay-paysh

stew
pörkölt
pör-költ

stewed fruit
kompót
kom-pót

sticky
ragadós
rah-gah-dósh

still
még
mayg

still-life
csendélet
tchend-ay-let

stockings
harisnya
hah-rish-nyah

My money/handbag was **stolen**.
Ellopták a pénzem/retiküröm.
el-lop-ták ah payn-zem/re-ti-kü-löm

stomach
gyomor
dyo-mor

stone
kő
kő

STOP!
Állj!
áyy

Stop for a moment, please!
Álljon meg egy percre!
áy-yon meg edy perts-re

Can you **stop** here?
Meg tud itt állni?
meg tood itt áll-ni

store
bolt
bolt

storey
emelet
e-me-let

stork
gólya
gó-yah

storm
vihar
vi-hahr

straight ahead
egyenesen előre
e-dye-ne-shen e-lő-re

strange
furcsa
foor-tchah

I am a **stranger** here.
Idegen vagyok.
i-de-gen vah-dyok

strawberry
eper
e-per

street
utca
oot-tsah

streetcar
villamos
vil-lah-mosh

strength
erő
e-rő

strings *(music)*
vonósok
vo-nó-shok

strong
erős
e-rősh

structure
szerkezet
ser-ke-zet

student
diák
di-ák

to study
tanulni
tah-nool-ni

stuffed [cabbage]
töltött [káposzta]
töl-tött ká-pos-tah

stupid
ostoba
osh-to-bah

style
stílus
shtee-loosh

subject
tárgy
tárdy

suburb
külváros
kül-vá-rosh

subway **1.** *(US)* metró
met-ró
2. *(GB)* aluljáró
ah-lool-yá-ró

success
siker
shi-ker

successful
sikeres
shi-ke-resh

such
ilyen
i-yen

sudden(ly)
hirtelen
heer-te-len

sufficient
elegendő
e-le-gen-dő

sugar
cukor
tsoo-kor

with/without **sugar**
cukorral/cukor nélkül
tsoo-kor-rahl/tsoo-kor nayl-kül

suit *(noun)*
öltöny
öl-töny

suitcase
bőrönd
bő-rönd

sum
összeg
ös-seg

summary
összefoglaló
ös-se-fog-lah-ló

summer
nyár
nyár

sun/ny/
nap/os/
nahp-osh

to sunbathe
napozni
nah-poz-ni

sunburned
lesült
le-shült

sun-glass(es)
napszemüveg
nahp-sem-ü-veg

sunshine
napsütés
nahp-shü-taysh

super *(colloq.)*
klassz
klahss

supermarket
ÁBC-áruház
á-bay-tsay á-roo-ház

supper
vacsora
vah-tcho-rah

I am **sure** that…
Biztos vagyok benne, hogy….
biz-tosh vah-dyok ben-ne, hody

surgeon
sebész
she-bays

surname
vezetéknév
ve-ze-tayk-nayv

surprise *(noun)*
meglepetés
meg-le-pe-taysh

surprising
meglepő
meg-le-pő

surrounding(s)
környék
kör-nyayk

suspender(s) *(US)*
nadrágtartó
nahd-rág-tahr-tó

swallow *(noun)*
fecske
fetch-ke

***Swallow** this pill!*
Nyelje le ezt a tablettát!
nyel-ye le ezt ah tahb-let-tát

swan
hattyú
hahty-tyú

Sweden
Svédország
shvayd-or-ság

sweet/s/
édes/ség/
ay-desh-shayg

to swim
úszni
ús-ni

swimmer
úszó
ú-só

swimming pool
uszoda
oo-so-dah

Swiss
svájci
shváy-tsi

to switch off *(the light)*
leoltani
le-ol-tah-ni

to switch on *(the light)*
felgyújtani
fel-dyúy-tah-ni

switchboard
telefonközpont
te-le-fon-köz-pont

Switzerland
Svájc
shváyts

swollen
dagadt
dah-gahdt

syllable
szótag
só-tahg

sympathy
szimpátia
sim-pá-ti-ah

synagogue
zsinagóga
zhi-nah-gó-gah

system
rendszer
rend-ser

T

table
asztal
ahs-tahl

table-cloth
abrosz
ahb-ros

table tennis
pingpong
ping-pong

tailor
szabó
sah-bó

to take
vinni
vin-ni

Take my suitcase!
Vigye a bőröndömet!
vi-dye ah bő-rön-dö-met

Take me to ....
Vigyen a ....-hoz
vi-dyen ah ....-hoz

TAKE ONE
Vegyen egyet!
ve-dyen e-dyet

Take *a seat, please!*
Foglaljon helyet, kérem!
fog-lahl-yon he-yet, kay-rem

to take a walk
sétálni
shay-tál-ni

Take off *your coat!*
Tegye le a kabátját!
te-dye le ah kah-bát-yát

to take off *(plane)*
felszállni
fel-säll-ni

talented
tehetséges
te-het-shay-gesh

to talk
beszélni
be-sayl-ni

Can I **talk** to Mr. .... ?
Beszélhetek .... úrral?
be-sayl-he-tek .. úr-rahl

tall
magas
mah-gahsh

tangerine
mandarin
mahn-dah-rin

tank
tank
tahnk

tape recorder
magnó
mahg-nó
to taste
megkóstolni
meg-kósh-tol-ni
tavern
kocsma
kotch-mah
tax
adó
ah-dó
TAX FREE SHOP
Vámmentes üzlet
vám-men-tesh üz-let
taxi stand
taxiállomás
tahk-si-ál-lo-másh
taxi-driver
taxisofőr
tahk-si-sho-főr
tea
tea
te-ah
tea-pot
teáskanna
te-ásh-kahn-nah
teaspoon
kávéskanál
ká-vaysh-kah-nál
to teach
tanítani
tah-nee-tah-ni
teacher
tanár
tah-nár
team
csapat
tchah-paht
technical
műszaki
mű-sah-ki
telegram
távirat
tá-vi-raht
telephone *see* under phone
television
televízió, tévé
te-le-vee-zi-ó, tay-vay
to tell
mondani
mon-dah-ni
temperature
hőmérséklet
hő-mayr-shayk-let
ten
tíz
teez
tenderloin
bélszín
bayl-seen

tennis
tenisz
te-nis
tennis court
teniszpálya
te-nis-pá-yah
tent
sátor
shá-tor
terrible
rettenetes
ret-te-ne-tesh
territory
terület
te-rü-let
text
szöveg
sö-veg
Thank you /very much/
Köszönöm /szépen/
kö-sö-nöm say-pen
Thank you for your help!
Köszönöm a segítségét!
kö-sö-nöm ah she-geet-shay-gayt
Thank you for [the invitation]!
Köszönöm a [meghívást]!
kö-sö-nöm ah meg-hee-vásht
that
az a ...
ahz ah
theater, theatre
színház
seen-ház
theft
lopás
lo-pásh
their [car]
az ő [kocsi]juk
ahz ő ko-tchi-yook
theirs
az övék
ahz ö-vayk
theory
elmélet
el-may-let
there
1. *(direction)* oda
2. *(position)* ott
o-dah, ott
thermal bath
termálfürdő
ter-mál-für-dő
thermometer
hőmérő
hő-may-rő
they
ők
ők

thick
vastag
vahsh-tahg
thief
tolvaj
tol-vahy
thin
vékony
vay-kony
to think
gondolni
gon-dol-ni
I **think** so.
Azt hiszem.
ahzt hi-sem
third
harmadik
hahr-mah-dik
thirteen
tizenhárom
ti-zen-há-rom
thirsty
szomjas
som-yahsh
thirty
harminc
hahr-mints
this
ez a…
ez ah
this/that far
eddig/addig
ed-dig/ahd-dig
though
bár
bár
thought
gondolat
gon-do-laht
thousand
ezer
e-zer
three
három
há-rom
throat
torok
to-rok
to throw /away/
/el/dobni
el-dob-ni
thunder
mennydörgés
meny-dör-gaysh
thunderstorm
zivatar
zi-vah-tahr
ticket
jegy
yedy

tie *(necktie)*
nyakkendő
nyahk-ken-dő

tiger
tigris
tig-rish

tight(s)
harisnyanadrág
hah-rish-nyah-nahd-rág

till [...]
[...]-ig

till [9] o'clock
[kilenc] óráig
ki-lents ó-rá-ig

time
idő
i-dő

[four] **times**
[négy]szer
naydy-ser

timetable
menetrend
me-net-rend

tinned food
konzerv
kon-zerv

tip
borravaló
bor-rah-vah-ló

tire
autógumi
aoo-tó-goo-mi

tired
fáradt
fá-raht

tiring
fárasztó
fá-rahs-tó

title
cím
tseem

to [...]
[...]hoz/hez/höz
hoz/hez/höz

I am flying **to** [London]
[London]ba repülök
lon-don-bah re-pü-lök

toast
pirítós (kenyér)
pi-ri-tósh ke-nyayr

tobacco
dohány
do-hány

tobacconist, tobacco shop
trafik
trah-fik

today
ma
mah

toe
lábujj
láb-ooy

together
együtt
e-dyütt
TO LET
kiadó
ki-ah-dó
tomato
paradicsom
pah-rah-di-tchom
tomorrow
holnap
hol-nahp
tongue
nyelv
nyelv
tonight
ma este
mah esh-te
too
is
ish
tooth
fog
fog
toothbrush
fogkefe
fog-ke-fe
toothpaste
fogpaszta
fog-pahs-tah
top
teteje
te-te-ye
total (sum)
végösszeg
vayg-ös-seg
TO TRAINS
a szerelvényekhez
ah se-rel-vay-nyek-hez
to touch
(meg)érinteni
meg-ay-rin-te-ni
tour
utazás, túra
oo-tah-zásh, tú-rah
tourist
turista
too-rish-tah
Could you **tow** me?
Elvontatna?
el-von-taht-nah
towards [...]
[...] felé
fe-lay
towel
törülköző
tö-rül-kö-ző
tower
torony
to-rony

town
város
vá-rosh
town-hall
városháza
vá-rosh-há-zah
toy/-shop/
játék/kereskedés/
yá-tayk-ke-resh-ke-daysh
track and field
atlétika
aht-lay-ti-kah
trade union
szakszervezet
sahk-ser-ve-zet
tradition
hagyomány
hah-dyo-mány
traffic
forgalom
for-gah-lom
traffic light(s)
jelzőlámpa
yel-ző-lám-pah
tragedy
tragédia
trah-gay-di-ah
tragic
tragikus
trah-gi-koosh
trailer *(US)*
lakókocsi
lah-kó-ko-tchi
train
vonat
vo-naht
tram
villamos
vil-lah-mosh
transfer *(noun)*
átszállás
át-sál-lásh
transit passenger
tranzitutas
trahn-zit-oo-tahsh
I am in **transit**.
Átutazóban vagyok.
át-oo-tah-zó-bahn vah-dyok
to translate
lefordítani
le-for-dee-tah-ni
translation
fordítás
for-dee-tásh
transparency
dia
di-ah
Transylvania
Erdély
er-day

to travel
utazni
oo-tahz-ni
travel agency
utazási iroda
oo-tah-zá-shi i-ro-dah
tree
fa
fah
trip
túra
tú-rah
trolleybus
trolibusz
tro-li-boos
trouble
baj
bahy
The **trouble** is that ...
Az a baj, hogy ...
ahz ah bahy, hody
trouser(s)
nadrág
nahd-rág
trout
pisztráng
pist-ráng
truck *(US)*
teherautó
te-her-aoo-tó
true
igaz
i-gahz
trumpet
trombita
trom-bi-tah
trunk *(car, US)*
csomagtartó
tcho-mahg-tahr-tó
trunk-call
távolsági beszélgetés
tá-vol-shá-gi be-sayl-ge-taysh
I want a **trunk-call** to...
Távolsági beszélgetést kérek ...-be
tá-vol-shá-gi be-sayl-ge-taysht kay-rek ...-be
truth
igazság
i-gahz-shág
to try
megpróbálni
meg-pró-bál-ni
to try on
felpróbálni
fel-pró-bál-ni
tube
cső
tchő

tulip
tulipán
too-li-pán
tuna fish
tonhal
ton-hahl
tunnel
alagút
ah-lahg-út
turkey
pulyka
pooy-kah
Turkey
Törökország
tö-rök-or-ság
to turn
fordulni
for-dool-ni
Turn *to your left/right!*
Forduljon balra/jobbra!
for-dool-yon bahl-rah/ yobb-rah
turnip
fehérrépa
fe-hayr-ray-pah
turtle
teknősbéka
tek-nősh-bay-kah
tv-screen
képernyő
kayp-er-nyő
tv-set
tévékészülék
tay-vay-kay-sü-layk
twelve
tizenkettő
ti-zen-ket-tő
twenty
húsz
hús
twenty-one
huszonegy
hoo-son-edy
twice
kétszer
kayt-ser
twin-bed
dupla ágy
doop-lah ády
twins
ikrek
ik-rek
to twist
csavarni
tchah-vahr-ni
two
kettő
ket-tő
two-thirds
kétharmad
kayt-hahr-mahd

type
típus
tee-poosh
typewriter
írógép
ee-ró-gayp
tipical
tipikus
ti-pi-koosh
typist
gépíró
gayp-ee-ró
tyre
autógumi
aoo-tó-goo-mi

U

ugly
csúnya
tchú-nyah
umbrella
esernyő
e-sher-nyő
unbelievable
hihetetlen
hi-he-tet-len
uncertain
bizonytalan
bi-zony-tah-lahn
uncle
nagybácsi
nahdy-bá-tchi
unconscious
eszméletlen
es-may-let-len
under [...]
[...] alatt
ah-laht
underclothes
alsónemű
ahl-shó-ne-mű

unfriendly
barátságtalan
bah-rát-shág-tah-lahn
underground
földalatti
föld-ah-laht-ti
underpant(s)
alsónadrág
ahl-shó-nahd-rág
underpass
aluljáró
ah-lool-yá-ró
to understand
megérteni
meg-ayr-te-ni
I don't ***understand*** *you.*
Nem értem.
nem ayr-tem
to undress
levetkőzni
le-vet-kőz-ni
uneducated
műveletlen
mű-ve-let-len
unemployment
munkanélküliség
moon-kah-nayl-kü-li-shayg
unexpectedly
váratlanul
vá-raht-lah-nool
unfortunately
sajnos
shahy-nosh
uniform *(noun)*
egyenruha
e-dyen-roo-hah
union
egyesülés
e-dye-shü-laysh
unique
egyedülálló
e-dye-dül-ál-ló
United States
Egyesült Államok
e-dye-shült ál-lah-mok
university
egyetem
e-dye-tem
unknown
ismeretlen
ish-me-ret-len
unlawful
törvénytelen
tör-vayny-te-len
unless
hacsak nem …
hah-tchahk nem
unlikely
valószínűtlen
vah-ló-see-nűt-len

unofficial
nem hivatalos
nem hi-vah-tah-losh
until
amíg, [...]-ig
ah-meeg, -ig
until now
eddig
ed-dig
unused
használatlan
hahs-ná-laht-lahn
unusual
szokatlan
so-kaht-lahn
upper
felső
fel-shő
upstairs
fent
fent
upside down
fejjel lefelé
fey-yel le-fe-lay
up-to-date
modern
mo-dern
urgent
sürgős
shür-gősh
us
minket
min-ket
use *(noun)*
használat
hahs-ná-laht
to use
használni
hahs-nál-ni
used
használt
hahs-nált
USED CARS
használt autók
hahs-nált aoo-tók
useful
hasznos
hahs-nosh
useless
haszontalan
hah-son-tah-lahn
usually
általában
ál-tah-lá-bahn

V

vacancy
üresedés
ü-re-she-daysh
vacation *(US)*
szabadság
sah-bahd-shág
valid
érvényes
ayr-vay-nyesh
validity
érvényesség
ayr-vay-nyesh-shayg
valley
völgy
völdy
value
érték
ayr-tayk
valuables
értéktárgyak
ayr-tayk-tár-dyahk
vanilla
vanília
vah-nee-li-ah
variation
változat
vál-to-zaht
variety show
varieté, revü
vah-ri-e-tay, re-vü
various
különféle
kü-lön-fay-le
varnish
lakk
lahk
vase
váza
vá-zah
VAT
Áfa
á-fah
veal
borjúhús
bor-yú-húsh
vegetable
zöldség
zöld-shayg
vegetarian
vegetáriánus
ve-ge-tá-ri-á-noosh
vehicle
jármű
yár-mű

velvet
bársony
bár-sony
vending machine
automata
aoo-to-mah-tah
venison
őzhús
őz-húsh
verbal
szóbeli
só-be-li
vermicelli
metélt
me-télt
vermouth
vermut, ürmös
ver-moot, űr-mösh
version
változat
vál-to-zaht
very
nagyon
nah-dyon
via [Vienna]
[Bécs]-en át
bay-tchen át
Vienna
Bécs
baytch
video cassette
videokazetta
vi-de-ó-kah-zet-tah
video-recorder
képmagnó
kayp-mag-nó
village
falu
fah-loo
vinegar
ecet
e-tset
vintage
szüret
sü-ret
violet
ibolya
i-bo-yah
violent
erőszakos
e-rő-sah-kosh
violin
hegedű
he-ge-dű
virus
vírus
vee-roosh
virtue
erény
e-rayny

visa
vízum
vee-zoom
visa application
vízumkérelem
vee-zoom-kay-re-lem
visit *(noun)*
látogatás
lá-to-gah-tásh
to visit
meglátogatni
meg-lá-to-gaht-ni
visitor
látogató
lá-to-gah-tó
voice
hang
hahng
void
érvénytelen
ayr-vayny-te-len
to vomit
hányni
hány-ni

W

wage(s)
fizetés
fi-ze-taysh
waist
derék
de-rayk
waist-line
derékbőség
de-rayk-bő-shayg
to wait
várni
vár-ni
WAIT
Várjon!
vár-yon
Wait a minute!
Várjon egy percet!
vár-yon edy per-tset
Can you **wait** here?
Tud itt várni?
tood itt vár-ni
waiter
pincér
pin-tsayr

waiting list
várólista
vá-ró-lish-tah

WAITING ROOM
Váróterem
vá-ró-te-rem

to wake up
felébredni
fel-ayb-red-ni

Please, **wake me up** at [7.30]!
Kérem, ébresszen fel [7.30]-kor!
kay-rem ayb-res-sen fel ...-kor

walk *(noun)*
séta
shay-tah

to walk
gyalog menni
dyah-log men-ni

WALK
Lehet menni!
le-het men-ni

walking tour
gyalogtúra
dyah-log-tú-rah

wall
fal
fahl

walnut
dió
di-ó

to want
akarni
ah-kahr-ni

What do you ***want****?*
Mit akar?
mit ah-kahr

I **want** to [buy] ....
Akarok [venni] ....
ah-kah-rok ven-ni

I don't **want** ....
Nem akarok ....
nem ah-kah-rok

war
háború
há-bo-rú

ward
kórterem
kór-te-rem

warm
meleg
me-leg

I am **warm**.
Melegem van.
me-le-gem vahn

warning
figyelmeztetés
fi-dyel-mez-te-taysh

Warsaw
Varsó
vahr-shó

to wash
mosni
mosh-ni
I'd like **to wash down**.
Szeretnék lemosakodni.
se-ret-nék le-mo-shah-kod-ni
watch *(noun)*
óra
ó-rah
to watch tv
tévét nézni, tévézni
tay-vayt nayz-ni, tay-vayz-ni
water
víz
veez
water-melon
görögdinnye
gö-rög-diny-nye
water-polo
vízipóló
vee-zi-pó-ló
water-ski
vízisí
vee-zi-shee
wave
hullám
hool-lám
way
út
út
WAY IN
bejárat
be-yá-raht
WAY OUT
kijárat
ki-yá-raht
Is this the right **way** to ....?
Jó felé megyek ....-hoz?
yó fe-lay me-dyek ..-hoz
we
mi
mi
weak
gyenge
dyen-ge
to wear
viselni
vi-shel-ni
weather
időjárás
i-dő-yá-rásh
weather-forecast
időjárás-jelentés
i-dő-yá-rásh-ye-len-taysh
wedding
esküvő
esh-kü-vő
wedding ring
jegygyűrű
yedy-dyű-rű

week
hét
hayt
weekday
hétköznap
hayt-köz-nahp
weekend
hétvége
hayt-vay-ge
to weep
sírni
sheer-ni
to weigh
lemérni
le-mayr-ni
weight
súly
shúy
weight allowance
megengedett súly
meg-en-ge-dett shúy
(You're) ***welcome***
(answer to "Thank you")
szívesen
see-ve-shen
Very **well**.
Nagyon jól van.
nah-dyon yól vahn
I am **well**.
Jól vagyok.
yól vah-dyok
well-known
jól ismert
yól ish-mert
West/ern/
nyugat/i/
nyoo-gah-ti
West-Germany
Nyugat-Németország
nyoo-gaht nay-met-or-ság
wet
nedves
ned-vesh
WET PAINT
Frissen mázolva!
frish-shen má-zol-vah
what?
mi?
mi
What *else?*
Más egyebet?
másh e-dye-bet
What *happened?*
Mi történt?
mi tör-taynt
What is this?
Mi ez?
mi ez
What kind of .... ?
Milyen .... ?
mi-yen

What's news?
Mi újság?
mi úy-shág
What's on (the program) tonight?
Mi a ma esti műsor?
mi ah mah esh-ti mű-shor
***What's** the matter?*
Mi (a) baj?
mi ah bahy
What's the price of this?
Mi ennek az ára?
mi en-nek ahz á-rah
***What's** your name?*
Hogy hívják?
hody heev-yák
***What's** your profession?*
Mi a foglalkozása?
mi ah fog-lahl-ko-zá-shah
What time do you close today?
Hány órakor zárnak ma?
hány ó-rah-kor zár-nahk mah?
What time do you open tomorrow?
Hánykor nyitnak holnap?
hány-kor nyit-nahk hol-nahp
What time is it (now)?
Hány óra?
hány ó-rah
wheat
búza
bú-zah
wheel
kerék
ke-rayk
wheel-chair
tolókocsi
to-ló-ko-tchi
when?
mikor?
mi-kor
When does the next train leave?
Mikor megy a legközelebbi vonat?
mi-kor medy ah leg-kö-ze-leb-bi vo-naht
When is the plane from [London] due?
Mikor kell érkeznie a [...]-i gépnek?
mi-kor kell ayr-kez-ni-e ah ...-i gayp-nek
where?
1. *(position)* hol?
2. *(direction)* hová?
hol, ho-vá

Where are you from?
Hova való?
ho-vah vah-ló

Where can I buy a...
Hol vehetek egy...
hol ve-he-tek edy...

Where can I telephone?
Hol telefonálhatok?
hol te-le-fo-nál-hah-tok

Where do I have to change for...?
Hol kell átszállnom... felé?
hol kel át-sál-nom... fe-lay

Where do you want to go?
Hová akar menni?
ho-vá ah-kahr men-ni

Where is a [drugstore]?
Hol van egy [patika]?
hol vahn edy pah-ti-kah

Where is a gas station near?
Hol van a közelben benzinkút?
hol vahn ah kö-zel-ben ben-zin-kút

which?
melyik?
me-yik

Which way is to [...]?
Merre van [...]?
mer-re vahn

while
mialatt
mi-ah-lahtt

WHILE U WAIT
Megvárható.
meg-vár-hah-tó

whipped cream
tejszínhab
tey-seen-hahb

white
fehér
fe-hayr

Whitsunday
Pünkösdvasárnap
pün-köshd-vah-shár-nahp

who?
ki?
ki

Who is speaking please?
Ki beszél?
ki besayl

[...] is speaking.
[...] beszél
... be-sayl

whole
egész
e-gays

whom?
kit?
kit
to whom?
kinek?
ki-nek
whose?
kié?
ki-ay
Whose [bag] is this?
Kinek a [táská]ja ez?
ki-nek ah tásh-ká-yah ez
why?
miért?
mi-ayrt
wide
széles
say-lesh
wife
feleség
fe-le-shayg
wild
vad
vahd
wild animal
vadállat
vahd-ál-laht
wind
szél
sayl
windy
szeles
se-lesh
window
ablak
ahb-lahk
windscreen
szélvédő
sayl-vay-dő
windscreen wiper
ablaktörlő
ahb-lahk-tör-lő
wine
bor
bor
wine-cellar
borospince
bo-rosh-pin-tse
wine-list
itallap
i-tahl-lahp
wing
szárny
sárny
winner
győztes
dyőz-tesh
winter
tél
tayl

in **winter**
télen
tay-len

to wish
kívánni
kee-ván-ni

I **wish** you ....
Kívánok Önnek ....
kee-vá-nok ön-nek

with
...-val/-vel
vahl/vel

with whom?
kivel?
ki-vel

without [...]
[...] nélkül
nayl-kül

wolf
farkas
fahr-kahsh

woman
asszony
ahs-sony

wonderful
csodálatos
tcho-dá-lah-tosh

wood
fa
fah

wool(len)
gyapjú
dyahp-yú

word
szó
só

work *(noun)*
munka
moon-kah

to work
dolgozni
dol-goz-ni

workday
munkanap
moon-kah-nahp

worker
munkás
moon-kásh

World Champion/ship/
Világbajnok/ság/
vi-lág-bahy-nok-shág

/Second/ **World War**
/Második/ Világháború
má-sho-dik vi-lág-há-bo-rú

I'm **worried**.
Aggódom.
ahg-gó-dom

Don't ***worry****!*
Ne aggódj!
ne ahg-gódy

worse
rosszabb
ros-sahb
worst
legrosszabb
leg-ros-sahb
it's **worthwhile** ....
érdemes ....
ayr-de-mesh
wound
seb
sheb
to wrap in
becsomagolni
be-tcho-mah-gol-ni
Please **wrap** it **in**!
Kérem, csomagolja be!
kay-rem tcho-mah-gol-yah be
wrist
csukló
tchook-ló
wristwatch
karóra
kahr-ó-rah
to write
írni
eer-ni
Write down *your name!*
Írja le a nevét!
eer-yah le ah ne-vayt
Write it **down** for me, please!
Írja le nekem, kérem.
eer-yah le ne-kem, kay-rem
writer
író
ee-ró
wrong
rossz, téves
ross, tay-vesh
wrong number
téves kapcsolás
tay-vesh kahp-tcho-lásh

X

X-ray
röntgen
rönt-gen

Y

yarn
cérna
tsayr-nah
year
év
ayv
yellow
sárga
shár-gah
yes
igen
i-gen
yesterday
tegnap
teg-nahp
yet
még(is)
mayg-ish
yog(ho)urt
joghurt
yog-hoort
you *(Nominative)*
(Sing.) te
(Pl.) ti
te, ti

you *(Accusative)*
(Sing.) téged
(Pl.) titeket
tay-ged, ti-teket

young
fiatal
fi-ah-tahl

yours
(Sing.) Öné
(Pl.) Önöké
ö-nay, ö-nö-kay

youth
ifjúság
if-yú-shág

youth-hostel
ifjúsági szálló
if-yú-shá-gi sál-ló

Yugoslavia
Jugoszlávia
yoo-go-slá-vi-ah

Z

zebra
zebra
zeb-rah

ZIP code
postai irányítószám
posh-tah-i i-rá-nyee-tó-sám

zoo
állatkert
ál-laht-kert

Zurich
Zürich
tsű-rih

PRACTICAL CONVERSION GUIDE

This conversion table is irregular in the sense that (1) it does not compare units but rather the quantities you are most likely to meet or need; (2) the direction of conversion is alternating depending on your possible need. **If you want to buy something** you'll be thinking in the weights and measures you are accustomed to, but if you see the **speed limit** along the road, you want to know it in miles. Your friend may tell you **how tall** he or she is in centimeters, and you want a measure that makes sense to you. And if you look at a **thermometer** or want to take your own temperature, again you'll have centigrades and you want to know how many degrees they are in Fahrenheit.

Weights

for food:

If you want to have your usual quantity	you simply ask for this amount:
4 ozs salami	10 **(teez) deka** (which is slightly less)
8 ozs butter	25 **(husonöt) deka** (slightly more)
1 pound of sugar	half a **(fayl) kilo** (slightly more)
2 pounds of bread	one **(edy) kilo** (10% more)

for persons:

an average lady would weigh between
57 to **70 kilos**, equal to **9** to **11 stones**,
an average man would weigh between
70 to **90 kilos**, equal to **11** to **14 stones**.

Temperatures

15 centigrades	is a chilly outside temperature:	60° F
20 centigrades	is a normal room temperature:	68° F
25 centigrades	is a pleasant outside temperature:	78° F
30 centigrades	is quite warm:	86° F
36 centigrades	is the normal body temperature:	97° F
38 centigrades	means fever:	101° F

Heights

If his or her height is	he/she is approximately
150 centimeters	5 feet
160 centimeters	5 feet 5 inches
165 centimeters	5 feet 6 inches
170 centimeters	5 feet 8 inches
175 centimeters	5 feet 10 inches
180 centimeters	6 feet high.

Distances

4 inches are approx. **10 centimeters**,
one **yard** almost equals one **meter**, (some 10% less, 0.9 m.)
5 yards make out **4.5 meters**
half a mile is less than **1 kilometer** (0.8 mile)
one mile is a bit more than **1.5 kms** (1.6 kms)
60 kms speed limit is **40 miles**
80 kms speed limit is **50 miles**
100 kms speed limit is **60 miles**

Liquids

This is the easiest as
1 pint is roughly the same as half a (fayl) liter,
2 pints slighly more than one (edy) liter.

Gallons

This can be simple if you want a full tank. Say: "Tele kérem" (te-le kay-rem = fill her up). If you want less and

you are American:

if you want 3 *(US)* gallons ask for 10 liters (somewhat more)
5 gallons 18,5 liters;

if you come from Great Britain
and you want 3 *(GB)* gallons, ask for 15 litres (which are in fact 3.5 gallons),
5 gallons 25 litres (slightly less).

TYPICAL HUNGARIAN DISHES

Appetizer
Puszta cocktail sweet or dry
poos-tah
It is mixed from apricot brandy and sweet or dry vermouth.
Hors d'oeuvre
Hortobágyi húsos palacsinta (Hortobágy meat pancake)
hor-to-bá-dyi hú-shosh pah-lah-tchin-tah
A warm starter. Ground pork wound in a pancake in paprika sauce with or without sour cream.
Hideg libamáj (Cold goose liver)
hi-deg li-bah-máy
Goose liver is fried in goose fat flavored with onion, served with cold fat and toast.
Soups
Gulyásleves (Cowboy soup)
goo-yásh-le-vesh
A spicy soup made of potato and stewed beef.
Gyümölcsleves (Fruit soup)
dyü-möltch le-vesh
A sweet creamy soup made of apple, sour cherry or mixed fruits, usually served cold.
Halászlé (Fish soup)
hah-lás-lay
It is made of small river fish, usually rather hot as red paprika is richly added.
Jókai-bableves (Jókai been-soup)
yó-kah-i bahb-le-vesh
Dry bean soup with cooked sausage in it.
Lebbencsleves
leb-bentch-le-vesh
Tarhonyaleves
tahr-ho-nyah-le-vesh
Lebbencs is a dough of flour, eggs and water, rolled out and dried then torn (or rather broken) into small pieces.
Tarhonya is grain out of the same sort of dough, also dried. Cooked it is also given to certain meat dishes.

Lebbencs or tarhonya is roasted on onion and lard, then boiled. Red paprika and small cubes of potato is added.
Újházy-tyúkhúsleves (Újházy chicken soup)
úy-há-zi tyúk-húsh-le-vesh
A chicken soup with vermicelli and large pieces of boiled chicken. Sufficient for two.

Main courses
Balatoni fogas
bah-lah-to-ni fo-gahsh
A pike-perch of Lake Balaton roasted or breaded.
Erdélyi fatányéros (Wooden plate from Transylvania)
er-day-yi fah-tá-nyay-rosh
A selection of roast pork and breaded pork chop with potato and cucumber and/or lettuce, usually with an omelet on top; served on a wooden plate.
Paprikás csirke (Chicken paprika)
pahp-ri-kásh tchir-ke
Boiled pieces of chicken in a creamy sauce made with onion and red paprika served with or without sour cream and "nokedli" (short, thick noodles).
Pörkölt (Stew)
pör-költ
It can be made of pork, beef or mutton cut in cubes. The rather thick gravy contains onion and red paprika. Served with potato or "nokedli". (For *nokedli* see previous item.)
Pusztapörkölt
poos-tah-pör-költ
It is made of pork with pieces of Vienna sausage and tarhonya boiled with the meat. (For *tarhonya* see soups)
Rácponty
ráts-ponty
Carp roasted with bacon on sliced potato covered with flour containing red paprika, served with sour cream.
Rántott csirke (Breaded chicken)
rán-tott tchir-ke
Breaded pieces of young chicken usually served with French fried potato.

Rántott sertésborda (Breaded pork chop)
rán-tott sher-taysh-bor-dah
Rostélyos
rosh-tay-yosh
A fried beef cotelette flavored with black pepper usually served with fried onion slices.
Sertésflekken
sher-taysh flek-ken
A dry roast pork cutlet, without any particular flavoring, served with rice or potato.
Süllő roston (A Hungarian pike perch roasted)
shül-lő rosh-ton
Tokány
to-kány
Several dishes with slight differences. Basically it is similar to beef stew but the meat is cut in noodles rather than cubes, red paprika is omitted or replaced by black pepper in a thin gravy.
Töltött káposzta (Stuffed cabbage)
töl-tött ká-pos-tah
Leaves of cabbage filled with a mixture of ground pork, eggs, onion and red paprika and black pepper. Boiled slaw is given with.
Töltött karalábé (Stuffed kohlrabi)
töl-tött kah-rah-lá-bay
Small young kohlrabis stuffed with the same filling as in previous item, surrounded by kohlrabi cut in small pieces, in a thick sauce.
Töltött paprika (Stuffed paprika)
töl-tött pahp-ri-kah
Again the same filling is used for stuffing green paprikas. It is served in a warm, thick tomato sauce.

Desserts
Gundel-palacsinta (Pancake)
goon-del pah-lah-tchin-tah
A pancake filled with sweetened ground walnut in a chocolate sauce, usually served flambé.

Metélt, diós or *mákos* (Noodles)
di-ósh/má-kosh me-taylt
Boiled noodles with sweetened ground walnut or poppy seed spread on.
Rétes, almás/mákos/meggyes/túrós (Strudel)
ray-tesh, ahl-másh, má-kosh, med-dyesh, tú-rósh
A pastry made of several layers of a very thin sheet of dough filled alternatively with apple, poppy seed, sour cherry or cheese, each is sweetened and ground.
Túrós csusza
tú-rósh tchoo-sah
Boiled noodles spread with curd and sour cream with small pieces of fried bacon on top.
Túrós gombóc (Curd dumpling)
tú-rósh gom-bóts
Boiled dumplings made of curd mixed with butter, egg yolk and flour, dressed with hot sour cream. Served unsweetened but can be sweetened to taste.

ORIGINAL HUNGARIAN NAMES

Just like in any other country the preference for certain first names changes from time to time. The following lists contain not the most popular (i. e. frequent) first names but those which are original Hungarian ones. Nevertheless, all names that are not given also nowadays have been omitted.

There are names mostly of Hebrew, Greek or Latin origin which are internationally used (at least in the Christian world) and which can also be found in Hungary. These are sort of "evergreens" and have been used for many centuries. Names like András, József, Pál, Péter (ahndrásh, yózhef, pál, payter – Andreas, Joseph, Paul, Peter) or Anna, Júlia, Mária, Márta (ahnnah, yúliah, mártah, máriah – Anna, Julie, Martha, Mary) can easily be recognized even without knowing Hungarian. Some others have changed to a greater extent and are not necessarily recognizable like István (ishtván = Stephen), György (dyördy = George), Sándor (shándor = Alexander) or Ágota (ágotah = Agatha), Erzsébet (erzhaybet = Elisabeth), Dóra (dórah = Dorothy).

As the old historical chronicles recorded more masculine names than feminine ones, mostly the masculine names are real old ones dating back to the most ancient history of the Hungarian people. Many of the feminine names are inventions of poets and writers, mostly from the past century.

The following two lists give not only the pronunciation but also a hint to the meaning and/or origin of the name whenever possible. It is worthwhile to note, finally, that in Hungary "namedays" are much more widely celebrated than birthdays.

The following abbreviations are used only in this part:

dim. = diminutive
eq. = equal
esp. = especially
inv. = invented
orig. = originally
rel. = related

Masculine names

Ákos	á-kosh	Celtic origin meaning *white hawk*
Álmos	ál-mosh	father of Árpád who conquered today's Hungary; it means *sleepy*
Árpád	ár-pád	a dim. of *árpa* (barley)
Attila	ah-til-lah	the king of the Huns; ancient Hungarians thought to be descendants of the Huns
Béla	bay-lah	origin unknown
Botond	bo-tond	name of a mythical hero (10th c.)
Bulcsú	bool-tchú	one of the fellow-chieftains of Árpád
Csaba	tchah-bah	the youngest son of Attila
Elemér	e-le-mayr	ancient name, origin unknown
Előd	e-lőd	= *forerunner*; (*see* also Bulcsú)
Farkas	fahr-kahsh	= *wolf*
Géza	gay-zah	probably of Turkish origin, a dignity
Gyula	dyoo-lah	also a dignity esp. in Transylvania at the time of Conquest (10th c.)
Jenő	ye-nő	perhaps rel. to Janó, a dim. of János = John; (*see* also Bulcsú)
Lehel	le-hel	a chieftain in the tenth century
Levente	le-ven-te	ancient name, means *being*
Rezső	re-zhő	inv.
Szabolcs	sah-boltch	origin unknown (*see* also Bulcsú)
Tibor	ti-bor	medieval Hungarian name
Zoltán	zol-tán	debated origin, it may be the same word as *sultan*
Zsolt	zholt	origin unknown, may be related to Zoltán

Present name giving habit for boys shows again a preference for most of these names.

Feminine names

The endings -ka, -ke, -kó, -kő *are diminutives and they are not referred to individually in the explanations:*

Anikó	ah-ni-kó	dim. of *Anna*
Aranka	ah-rahn-kah	rel.to the word *arany* (gold)
Csilla	tchil-lah	inv., rel to *csillag* (star)
Emese	e-me-she	wife of *Álmos* (*see* there), means *sow*
Emma	em-mah	a Hungarian variation of German *Erma*
Emőke	e-mő-ke	ancient name; *emő* is the old word for "sucking"
Enikő	e-ni-kő	inv., based on mythical *Enéh*
Etelka	e-tel-kah	inv.
Gyöngyi	dyön-dyi	inv., rel. to *gyöngy* (pearl)
Györgyi	d͡yör-d͡yi	a feminine pair to György (George)
Hajnalka	h͡ahy-n͡ahl-kah	inv., rel. to *hajnal* (dawn)
Ibolya	i-bo-yah	a flower *(violet)*
Ildikó	il-di-kó	rel. to German Kriemh*ilda*
Janka	yahn-kah	re. to János (John); approx. the same as *Jane*
Kamilla	kah-mil-lah	= *chamomile*
Kinga	kin-gah	an ancient dim. of *Kunigunda*
Lenke	len-ke	inv.
Lilla	lil-lah	orig. a dim. of Lydia
Piroska	pi-rosh-kah	looks like a dim. of *piros* (red); in fact rel. to Latin *Prisca*
Réka	ray-kah	wife of Attila (*see* there)
Rózsa	ró-zhah	= *rose*
Tünde	tün-de	inv.
Virág	vi-rág	inv., means *flower*

In contrast to boys, girls are rarely given any of these names; the preference is for foreign names like Alexandra, Klaudia, Monika, Noemi (Naomi), etc.

HIPPOCRENE CONCISE DICTIONARY

HUNGARIAN–ENGLISH
ENGLISH–HUNGARIAN

with complete phonetics

HIPPOCRENE BOOKS – NEW YORK

HIPPOCRENE CONCISE DICTIONARY
Hungarian–English/English–Hungarian
with complete phonetics

Edited by G. Takács

Revised by T. Magay

ISBN 0–87052–891–2

Produced for
HIPPOCRENE BOOKS, New York
by
KULTURA INTERNATIONAL, Budapest

Printed in Hungary

TARTALOMJEGYZÉK

Ennek részletes tartalomjegyzéke a szótárrész elején található.

ELŐSZÓ

Újfajta szótárt kap kézbe az olvasó, amelynek célja, hogy egy rövid turistaút idejére adjon könnyen kezelhető, hasznos segédeszközt olyanok kezébe, *akik nem tanultak és nem is szándékoznak angolul tanulni.* A szavak és kifejezések kiválogatása is ehhez a célhoz igazodott, s ezt vettük figyelembe a kiejtés átírásában is.

Mivel – az elképzelés szerint – a turista a szótár lapozgatása által „beszél”, szükséges, hogy a kiejtés átírása olyan egyszerű legyen, hogy azt ne kelljen külön megtanulni, hanem bárki minden különösebb nehézség nélkül kiolvashassa. Ezért lényegében a szótár a magyar ábécé ismert betűit használja fel. Ez úgy lehetséges, hogy a kiejtés tekintetében azt tűzi ki célul, hogy az *megközelítőleg* pontos legyen, azaz a kimondott szó vagy mondat az angolul értő hallgató számára felismerhető, tehát érthető legyen. Így figyelmen kívül hagyja a szótár az angol magánhangzórendszer finomságait (mint pl. az *i* hang ejtése a „fit”, „sit” típusú szavakban) vagy azokat a kettőshangzókat, amelyekben különösen a brit angol kiejtés gazdag, s amelyeket elsajátítani amúgy sem könnyű feladat. Ugyanígy nem veszi figyelembe, hogy az angol a *p*, *t*, *k* hangokat ún. hehezettel kell(ene) ejteni. E hangok magyaros ejtése épp úgy nem akadálya a megértésnek, mint ahogy az sem, ha egy angol anyanyelvű a magyar „pénz”, „tíz” vagy „kenyér” szó első hangját hehezettel ejti.

A szótár másik újdonsága az, hogy **különböző nyomdai megoldások**kal segíti a használót. NAGY BETŰKKEL találhatók azok a szavak és kifejezések, amelyekkel elsősorban írásban találkozik a használó, *dőlt betűkkel* azok, amelyek hozzá intézett kérdésként, közlésként hangzanak el. Ezeket úgy lehet a legjobban hasznosítani, ha a használó veszi magának a fáradságot s ezeket még az utazás előtt (esetleg valamilyen egyéni csoportosításban) egy füzetbe kigyűjti, s így próbál e mondatokkal már előre megismerkedni.

Tematikailag a szótár abban az értelemben törekszik a sokrétűségre, hogy számol a külföldre utazók egymástól igen eltérő érdeklődésére, *a bevásárló turizmustól a múzeumlátogatásig*. De figyelembe vettünk egy olyan igényt is, hogy egy idelátogató külföldit akar valaki megismertetni a főváros, az ország szépségeivel, érdekességeivel. A szó- és kifejezésanyag mintegy 150 tárgykört ölel fel.

Helytakarékossági okokból a rokonértelmű szavak közül általában csak a gyakoribbnak vélt szerepel a szótárban (pl. az erszény és pénztárca szópárból csak az utóbbi). Ugyanígy a fosztóképzős szavak is csak korlátozott számban találhatók meg, mivel ezek a vonatkozó szó és a *not* tagadószó segítségével könnyen pótolhatók. Hiányzik például a *haszontalan* szó, mert a *hasznos* szó segítségével és a tagadószóval („nem hasznos") ugyanazt az értelmet ki lehet fejezni. Esetenként tehát nem szabad „Nincs benne!" felkiáltással csalódottan becsukni a szótárt, hanem kis leleménnyel egy másik szóval, ill. kifejezéssel kell próbálkozni.

Külön felhívjuk még a használók figyelmét a megszokottól eltérő **átszámítási táblázat**ra, amely a szótárrész után található. Bár ma már sokak zsebében, táskájában ott van egy kis számológép, mégis úgy gondoljuk, hogy ez a táblázat egyszerűbb megoldást tud nyújtani. A lényege az, hogy nem mechanikusan az egyes nálunk használt mértékek egy egységének megfelelőjét adjuk meg a hagyományos angolszász mértékrendszerben, hanem (1) olyan mennyiségek átszámítását adjuk, amelyre a legvalószínűbben merül fel szükség, (2) ezeknek nem a pontos matematikai megfelelőjét adjuk, hanem pl. élelmiszerek esetében az ehhez legközelebb álló csomagolási egységet. (3) A kiindulás az a mértékrendszer, amelyből a turista is kiindul.

Reméljük, hogy a szótár betölti elképzelt feladatát és mindenki számára hasznos segédeszköznek fog bizonyulni.

ÚTMUTATÓ A SZÓTÁR HASZNÁLATÁHOZ

A szótár a szavakat és kifejezéseket egyetlen betűrendben, de külön címszavakként hozza, megadva a szó angol jelentését és kiejtését. A kérdőszóval kezdődő mondatokat általában a kérdőszóhoz rendeztük, de hogy egy-egy gyakori kérdőszó (hol? mikor?) ne váljék „túlzsúfolttá”, igyekeztünk a kész mondatok egy részét a mondat leglényegesebb szavához, általában egy igéhez, sorolni. (Vigyázat! Az igekötős igéket mindig az igekötővel együtt kell tekinteni, vagyis például a „Képzelje el!” kifejezést az *elképzelni* ige alatt.)

Egyes esetekben az ige főnévi igenévi alakja nem is szerepel, mert az ige többnyire egy állandó alakban fordul elő; pl. *Úgy látszik* vagy *Kiderült, hogy...* Az adott ige nem feltétlenül a mondat vagy kifejezés első szava (mint első példánknál is), de mindig vastag betűvel van szedve, tehát könnyen szembeötlik.

A magyar szót vagy kifejezést először az angol helyesírás szerinti alak követi, ezután található a kiejtés szerinti átírás. Ebben adjuk meg a szó hangsúlyát, amit a vastag betűvel szedett szótag mutat. Mivel az angol nyelvben a **hangsúly** helye változó, fontos, hogy erre a szótár használója figyeljen, és ne automatikusan, mint a magyarban, az első szótagot hangsúlyozza, mert ez megnehezíti vagy éppen lehetetlenné teszi a szó megértését a másik fél számára.

Ismeretes, hogy az indogermán nyelvekben nincsenek ragok, hanem ezt a szerepet az adott szó előtt álló *elöljáró* (prepozíció) tölti be. A leglényegesebb magyar ragok (-ba/-be, -ért, -hoz/-hez/-höz stb.) a megfelelő betűnél fellelhetők. (A két vagy három alakú ragok természetesen csak egy helyen szerepelnek, éspedig a hagyományos sorrend — -ba/-be, -ban/-ben, -hoz/-hez/-höz, -nak/-nek stb. — szerinti első alaknál.)

Fontos tudni, hogy az angol igen udvarias nép és nyelv. Ezért — bár ezt a szótárban helyszűke miatt időnként elhagytuk — helyes *minden kérdést és kérést* a please (plíz) szóval kezdeni vagy befejezni.

A hónapok és a hét napjainak nevét kiemelve, a szótárrész előtt egy csoportban adjuk.

A szótár betűrendje tekintetében a következőkre hívjuk fel a figyelmet:

1. A magyar helyesírás szabályainak megfelelően a rövid és hosszú magánhangzók között nem teszünk különbséget. Tehát akár kezdőbetűként, akár az egy-egy betűn belüli ábécérendben az **a—á**, **e—é**, **i—í**, **o—ó** stb. együtt szerepel, de természetesen az **ö—ő** és **ü—ű** külön betűként. Vagyis pl. a *három* szó megelőzi a *hatás* szót, az *élet* az *emelet*et.

2. A külföldi használó érdekében a **gy**, **ly**, **ny** és **ty** nem külön betűként szerepel, hanem a g, l, n, t betűs szavak végén. Az ly és ty amúgy is csupán egy-egy szóval szerepel.

3. Ennél fontosabb, hogy — ugyancsak a külföldi használó érdekében — a magyar helyesírás szabályaitól eltérve a **cs**, **sz** és **zs** betűvel kezdődő szavak nem képeznek külön egységet, hanem a c + s, s + z és z + s betűkapcsolat szerinti betűrendi helyükön a c, s, z kezdőbetűs szavak között találhatók. Az sz betű esetében ennek nincs különösebb jelentősége, mivel az sz betűvel kezdődő szavak mindenképpen az s betűsek után jelennek meg. De a zs betűs szavak is csupán a *zuhany* szót előzik meg, a cs betűs szavak pedig a *cukor* szót és három származékát.

A kiejtés

Az angol kiejtés „logikájá"-nak megértéséhez egy alapvető jótanács: Felejtsük el, hogy egy-egy betűnek csak az lehet a hangértéke, amit a magyar nyelvben megszoktunk. A **v** + **a** + **n** betűcsoport **(van)** a magyar nyelven kívül az angolban, franciában és hollandban is értelmes szó, de mind a három nyelv másként ejti ki, mint mi magyarok. Az angol ábécé betűinek nevét azért adjuk meg a kiejtési tájékoztató elején, mert a betűk neve már nyújt némi segítséget a kiejtés megértéséhez, bár a kiejtés biztos kulcsát önmagában még nem adja kezünkbe, mivel a betű kiejtését az is befolyásolja, hogy (1) hangsúlyos vagy hangsúlytalan szótagban fordul-e elő, ill. (2) hogy milyen más betűkkel kapcsolódik.

Az angol ábécé betűi: (A betűk nevét e szótár átírása szerint adjuk.)

a	**b**	**c**	**d**	**e**	**f**	**g**	**h**	**i**	**j**	**k**	**l**	**m**	**n**	**o**
é	bí	szí	dí	í	ef	dzsí	écs	áj	dzsé	ké	el	em	en	ó
p	**q**	**r**	**s**	**t**	**u**	**v**	**w**	**x**	**y**	**z**				
pí	kjú	ár	esz	tí	jú	ví	da-b"ljú	eksz	wáj	*(GB)* zed, *(US)* zí				

A leglényegesebb eltérés a betűnév és a tényleges kiejtés között a hangsúlytalan helyzetben álló magánhangzóknál jelentkezik. Nagy segítséget nyújt az ejtésben, ha megjegyezzük: a mássalhangzó + e betűre végződő szavakban az e betűt sohasem ejtjük ki, a megelőző magánhangzó viszont mindig hangsúlyos. Ezt néhány szópárral be is mutatjuk:

mat	ejtése:	m*e*t	**mate**	ejtése:	m*é*t
win	ejtése:	w*i*n	**wine**	ejtése:	w*áj*n
not	ejtése:	n*á*t	**note**	ejtése:	n*ó*t
cut	ejtése:	k*á*t	**cute**	ejtése:	k*jú*t

A kiejtéssel kapcsolatos további részleteket, illetve a betűk, betűcsoportok és kiejtésük összefüggését illetően lásd az ÚTMUTATÓ után található KIEJTÉSI TÁJÉKOZTATÓt.

A kiejtés jelölése.
Amint az ELŐSZÓ már jelezte, az angol kiejtés jelöléséhez a magyar ábécé megszokott betűit használjuk. A szavak kiejtése természetesen nem lesz „anyanyelvi szintű", de az angolul beszélő számára mégis érthető. A használathoz — különös tekintettel a magyar nyelvből hiányzó, néhány jellegzetes angol hangra — az alábbiakat szükséges tudni:

Mássalhangzók
Zömük **(b, c, f, h, l, m, n, v, z)** ugyanúgy ejtendő mint a magyar nyelvben. Meg kell szokni, de más nehézséget nem okoz, hogy
a **j** betű hangértéke mindig *dzs*,
az **y** a szó elején mindig *j*-nek,
a szó végén egy tagú szavakban *áj*-nak, több tagú szavakban *i*-nek ejtendő.

Az **s** betű a szó elején és két magánhangzó között mindig *sz*-nek hangzik és csak a többi esetben *z*-nek. Német mintára ui. sokan mindenütt z-t ejtenek.

Az a, o, u betűk előtt a **c** mindig *k*-nak,
a **g** mindig *g*-nek hangzik,
e, i előtt a **c** betű hangzása *sz*, a **g** betűé (sajnos) lehet *g* is és *dzs* is. A kiejtés átírása viszont pontosan eligazít.

A **p**, **t**, **k** hangokat – mint már szó volt róla – az angol ún. hehezettel ejti, de a magyarosan ejtett hang sem okoz félreértést.

Az **sh** betűkapcsolat hangértéke mindig *s*.

Három olyan mássalhangzója van az angolnak, amely a magyar (és nem csak magyar) anyanyelvű számára nehézséget okozhat. Könnyebb a **w** betűvel jelölt hang elsajátítása: ezt a hangot úgy ejtjük, hogy szánkat csücsörítjük, mintha *u* hangot akarnánk ejteni, de mielőtt kimondanánk, ajkunkat széthúzzuk és egy *v* hangot ejtünk. Az átírásban ezt a hangot a w betű jelöli.

Az angol kiejtés „réme" az a zöngés vagy zöngétlen hang, amelyet írásban a **th** betűkettős jelöl. Ezt a hangot helyesen úgy kell képezni, hogy nyelvünk hegyét a két fogsor közé helyezve t, ill. d hangot próbálunk ejteni. Ha ez nem sikerül, ejtsük nyugodtan a megszokott t-t vagy d-t. Ezt sokkal inkább megértik, mintha – ami leggyakrabban történik – sz vagy z hangot ejtünk helyette. A kiejtési átírásban e két hangot a t és d betű mellett álló ' jelöli **(t', d')**.

Magánhangzók: a, e, i, o, u

A magánhangzók közül az **e** betűvel jelölt hang semmi problémát nem jelent, hiszen itt betű és hang teljesen egybeesik a magyar használattal. A magyar nyelv *u*, *ú* és *í* hangját viszont többnyire más betűkkel jelöli az angol (**oo**, **ee** stb.). Az angol nyelv többi magánhangzója azonban kisebb-nagyobb mértékben eltér a magyar nyelv magánhangzóitól. Így jellegzetes a (mássalhangzóra végződő egy szótagú szavakban) az **i** betűvel jelölt *i* hang ejtése: nem olyan éles és tiszta mint a magyarban, sokkal tompább, elmosódottabb. A magyar nyelv *i* hangja érzékletesen más, ám mégsem okoz félreértést, ha ezt ejtjük az angolos *i* helyett.

Aki bármilyen idegen nyelvet tanult, az ismeri az *á* hang *rövid* változatát. Vannak, akik előkelősködve ezzel a hanggal ejtenek bizonyos idegen eredetű magyar szavakat (pl. akadémia). De talán mindenki hallott már palóc beszédet, amelynek legfőbb jellegzetessége éppen a megszokott magyar *a* hang helyett ejtett *rövid á* (pl. magában a *palóc* szóban is). Ezt meg kell szokni, mivel meglehetősen gyakori az angolban. A kiejtési átírásban ezt a hangot az a betű fölé tett pont jelöli **(ȧ)**.

Csak nyelvjárásainkban fordul elő az ún. *hosszú e*, a köznyelvi *e* hang nyújtott változata. Átírásban a betű kettőzése jelöli, ám figyelmeztetésül, hogy nem két *e* hangot kell ejteni, csupán egyet (de hosszan), a két e betű alul össze van kötve **(e͜e)**.

Vannak ún. kettőshangzók (diftongusok), melyek a magyar nyelvjárásokban szintén nem ismeretlenek, így a magyar fül számára sem teljesen szokatlanok (pl. szé^{i}p, ló^{u}). Az átírásban azonban ezeket is egyszerűen csak **é** és **ó** betűvel jelöljük, mivel itt sem okozhat félreértést az egyszerűsített ejtés. Az á^{i} és o^{i} kettőshangzókat viszont **áj** és **oj** betűkapcsolattal írjuk át.

Végül az *au*tó, *au*tomata szavakból is ismert kettőshangzó ejtésénél arra kell ügyelni, hogy a két hangot egyszerre, együtt ejtsük. Erre az átírásban az au alatti jel figyelmeztet **(a͜u)**.

Végül egy — német hatásra — gyakori kiejtésbeli tévedésre hívjuk fel a figyelmet. Sok angol szó végződik *-tle*, *-tre*, *-ble* stb. betűcsoportra. Nagyon fontos megjegyezni, hogy ez az angolban mindig *külön szótag*, tehát semmiképpen sem szabad az előtte álló szótaghoz vonva, azzal együtt egy szótagként ejteni. A szótag magánhangzója egy — a magyarban szintén ismeretlen — e és ö közötti hang. Vagyis nem úgy hangzik, mint a deci*bel* utolsó vagy a *böl*lér szó első szótagja, hanem valami e kettő között, egy e-s színezetű „ö" hang. Ezt a hangot átírásban a " jel jelöli. Ily módon tehát a *table* és a *little* szavak ejtése nem „tébl" vagy „littl", hanem határozott két-két szótagként *té-b"l*, ill. *li-t"l*. Ilyen hangot ejtünk a gyakori *-tion*, *-sion* szóvégekben, valamint némely más (gyakran, bár nem mindig, e betűvel írt) hangsúlytalan magánhangzó helyén. Példák: angel (**én**-dzs"l), ocean (**ó**-s"n), animal (**e**-ni-m"l), condition (k"n-**di**-s"n).

(A kiejtési jelek összefoglaló táblázatát lásd az ÚTMUTATÓ után!)

A szótár a szükséges mértékben figyelembe veszi **a brit és az amerikai angol** nyelvhasználat különbségeit is. Minden olyan esetben, amikor egy-egy fogalomra a két nyelvhasználat két különböző szót alkalmaz, *GB* és *US* jelzéssel a szótár mindkettőt megadja. A helyesírási különbségek néhol egyetlen szóalakkal kifejezhetők, pl. *colo(u)r*, *catalog(ue)*. A hosszabb változat mindig a brit angol. Az amerikai helyesírás a zárójelbe tett betűt, betűket elhagyja. Sok – többnyire latin eredetű s jórészt magyarul beszélők számára is ismert – olyan szó van, amely az amerikai helyesírás szerint *-ter*, a brit angol szerint viszont *-tre* végződésű (pl. cen*ter*, cen*tre*). Ha a hely megengedi, mindkét változatot adjuk, ha nem, akkor csak az amerikai helyesírás szerintit, mivel ez a kiejtésben is több segítséget ad. (Ejtése mindkét nyelvterületen: *t"r*.) Kiejtés tekintetében alapvetően a brit angol használathoz igazodunk, de ahol csak az amerikai angolságban használt szóról van szó, ott természetesen az amerikai kiejtést adjuk. Ahol ugyanazon szó ejtése oly mértékben eltér a két nyelvterületen, hogy a másik nyelvhasználatot beszélő számára ez ismeretlen, ott mindkét kiejtést megadjuk. (Pl.: **half:** *GB* háf, *US* heef.)

A SZÓTÁRBAN HASZNÁLT JELEK

A szótár különböző jeleket is használ, hogy ezek révén (1) elkerülje a külön magyarázatot, (2) két kifejezést/szót vonjon össze, ill., hogy (3) a használó egyes kifejezéseket saját igénye szerint alakíthasson. Ezek a következők:

/ Választás két (esetleg több) szó között, pl.:
Jó estét/éjszakát = Good evening/night. Kiolvasása: Jó estét = Good evening, Jó éjszakát = Good night.

( ) A kerek zárójelbe tett szó vagy szórész elhagyható, anélkül, hogy az értelem megváltoznék: pl. aprópénz = **change (money)**, azaz, ha csak a **change** szót használom, annak önmagában is megvan az „aprópénz" jelentése.

/ / A két ferde zárójelbe tett szó vagy szórész kettős kiolvasást tesz lehetővé. Tehát vagy a zárójelbe tett részt hagyom figyelmen kívül, vagy a zárójelet magát. A lényeges, hogy mind a magyar, mind az angol kifejezésben, szóban ugyanúgy járjunk el. Példák:

szenzáció/s/ = sensation/al/. Kiolvasása: szenzáció = sensation, szenzációs = sensational.

cigány/zene/ = Gypsy /music/. Kiolvasása: cigány = Gypsy, cigányzene = Gypsy music.

[ ] A szögletes zárójelbe tett egy vagy több szó a szükség szerint más szóval helyettesíthető. (A szükséges másik szót persze külön ki kell keresni!)

Pl.: [Tíz] perccel múlt [hat] óra = [Ten] minutes past [six] esetében mindkét helyre a szükséges számot lehet behelyettesíteni.

.... Egy kifejezés végén megjelenő pontok azt jelzik, hogy sokféle folytatás lehetséges. Tehát például a **Szeretnék vásárolni egy**.... = **I want to buy a**.... kifejezésbe beleillesztjük a vásárolni kívánt tárgy nevét.

... A három vastag pont általában követ egy angol és megelőz egy magyar szót. Ez azt jelenti, hogy a szavak sorrendje a két nyelvben ellentétes:

Pl.: **because of... = ...miatt** kifejezés behelyettesítéssel pl. ez lesz: because of **Peter** = **Péter** miatt.

Végezetül megemlítjük, hogy kerek zárójelben jelennek meg a megértést segítő magyarázatok, melyek mindig dőlt betűsek; továbbá kerek zárójelben van egy angol szó többes számú végződése akkor, ha egy magyarban egyes számban használt szó angol megfelelője többes számban használatos. Pl.: fül = **ear(s)**. Általában páros testrészeknél, ill. „páros" tárgyaknál (pl. *két*szárú nadrág, *két*ágú olló stb.) találkozunk ezzel a jelenséggel.

KIEJTÉSI TÁJÉKOZTATÓ

Az egyes hangokhoz tartozó részletes magyarázatokat lásd az ÚTMUTATÓ A SZÓTÁR HASZNÁLATÁHOZ című rész VIII–X. oldalán.

Az átírási jel	A hangot jelölő betű(k)[1]	Mintaszavak
à	o, u	cut, got
á	a (többnyire *r* előtt)	harm, dark, father
áj	i (ha a szó végén -e betű áll)[2]	wine, like
	y (egytagú szavak végén)	by, my
	igh	high, night
au	ou, ow	loud, brown
b	b	big, cab
cs	ch (szó elején és végén)	child, church
	tch	kitchen, watch
d	d	dark, bed
d'	th[3]	this, mother
dj[4]	d (u előtt)	during, modul
dzs	j (minden esetben)	joy
	g (egyes esetekben e, i előtt)	gin, general

---

1. Itt csak a leggyakrabban előfordulókat említjük. Esetenként még további betűk is előfordulhatnak.

2. A gyakran használt szavak kivételek; ezek a szóvégi -e ellenére is rövidek. Pl.: **have** = *hev*, **to live** = *tu liv*, **gone** = *gàn*

3. Az írás nem jelzi, hogy a hangot zöngésen vagy zöngétlenül kell-e ejteni.

4. Az átírásra nem a magyar **gy** betűt használjuk, hogy jobban érzékelhető legyen, hogy a hang a *d* + *jú* összeolvadásából jött létre. (Ugyanígy *nj* és *tj* is!)

Az átírási jel	A hangot jelölő betű(k)	Mintaszavak
e	e, ea, a	ten, head, fat
e͜e	e, ai, ea (r előtt)	where, hair, bear
é	a (ha a szó végén -e betű áll)[2]	make, lane
	ai, ay	plain, play
f	f, ph	fig, beef, photo
g	g	get, give
h	h	head, here
i	i (ha a szó végén msh. áll)	fig, solid
	y (két- vagy többtagú szó végén)	very, luckily
í	ee, ea	bee, heat
j	y (szó elején)	yes, you
k	c (a, o, u előtt és szó végén)	cat, cold, cut
	ch (két mgh. között)	mechanic
	ck	lock, lucky
	k	key, lake
l	l	leg, bill
m	m	make, name
n	n	not, German
nj	n (u vagy ew előtt)	nude, new
ó	o, oa, ow	go, goal, low
oj	oi, oy	noise, boy
ö	e (szóvégen r előtt)	member, waiter
ő	e, i, u (r előtt)	term, firm, turn
p	p	pen, tape
r	r[5]	red, very, car
s	sh; s, t (-ion előtt)	she, rush, mission, nation
sz	s	see, best
	c (e, i előtt)	cent, cigarette

5. A hangot nem szabad úgy pergetni, mint a magyarban! A szóvégeken alig hallatszik.

Az átírási jel	A hangot jelölő betű(k)	Mintaszavak
t	t	take, let
tj	t (u előtt)	tube, tune
t'	th[3]	think, both
u	oo	took, wood
ú	oo	school, food
	u (ha a szó végén -e áll)	tube, tune
v	v	visit, live
w	w, wh	warm. which
z	z; s (szó végén)	lazy, news
zs	s (u előtt)	measure
**	hangsúlytalan a, e, io, o,	children, condition
	valamint -ble, tle	table, little

A HÓNAPOK ÉS A HÉT NAPJAINAK NEVE

január	January	**dzsen**-ju-e-ri
február	February	**feb**-ru-e-ri
március	March	márcs
április	April	**ép**-ril
május	May	méj
június	June	dzsún
július	July	dzsu-**láj**
augusztus	August	**ó**-g"szt
szeptember	September	szep-**tem**-b"r
október	October	åk-**tó**-b"r
november	November	no-**vem**-b"r
december	December	di-**szem**-b"r
hétfő	Monday	**mån**-dé
kedd	Tuesday	**tjúz**-dé
szerda	Wednesday	**wendz**-dé
csütörtök	Thursday	**t'örz**-dé
péntek	Friday	**fráj**-dé
szombat	Saturday	**sze**-tör-dé
vasárnap	Sunday	**szån**-dé

MEGJEGYZÉS:
A hónapok és a hét napjainak nevét az angol mindig nagy kezdőbetűvel írja.

RÖVIDÍTÉSEK

ffi = férfi
GB = brit angol használat
hat. = határozó(szó)
ker. = kereskedelem
mgh. = magánhangzó
msh. = mássalhangzó
pl. = például
pol. = politika(i)
US = amerikai angol használat

A

ABC-ÁRUHÁZ
supermarket
szú-pör-már-ket

ablak
window
win-dó

ablaktörlő
(GB) windscreen wiper
wind-szkrín **wáj**-pör
(US) windshield wiper
wind-síld **wáj**-pör

abrosz
table-cloth
té-b"l klót'

adag
portion
por-s"n

adatok
data
dé-tȧ

addig
(időben) till then
till **d'en**
(térben) that far
d'et fár

adni
to give
tu giv

Adjon nekem egy ....
give me a(n) ....
giv mí en

adó
tax
teksz

ÁFA
VAT
ví-é-tí

ÁFOR
(filling station network)

Afrika
Africa
ef-ri-kȧ

afrikai
African
ef-ri-k"n

aggódni
to worry
tu **wör**-ri

aggódom
I am worried
áj em **wör**-rid

Ne aggódj!
Don't worry!
dont **wör**-ri

agy
brain
brén

ágy
bed
bed

ágynemű
bedclothes
bed-klód'z

ahogy tetszik
as you like
ez jú **lájk**

ahol
where
weer

ajándék
(GB) gift, *(US)* present
gift, **pre**-z"nt

ajándékba
as a gift/present
ez e **gift/pre**-z"nt

AJÁNLOTT LEVÉL
registered letter
re-dzsisz-törd **le**-tör

ajtó
door
dór

akadály
obsticle
àb-szti-k"l

akarni
to want
tu wànt

akarok írni/vásárolni/ ....
I want to write/buy/ ....
áj **wànt** tu **rájt/báj**

Nem akarok [itt maradni].
I don't want to [stay here].
áj **dont** wànt tu **sztéj** hír

Akarja, hogy ezt Önnek adjam?
Do you want me to give this to you?
du jú **wànt** mí tu **giv** d'isz tu **jú**

akárhol, akárki stb. *lásd* **bár**...

akasztó *(ruha)*
hanger
hen-gör

aki
who
hú

AKCIÓ
sale
szél

akit
whom
húm

akivel
with whom
wid' **húm**

akkor
then
d'en
akkora
that big
d'et big
akkumulátor
(storage) battery
sztó-ridzs **be**-t"-ri
aktatáska
brief-case
bríf-kész
aktív
active
ek-tiv
aktuális
timely
tájm-li
alá
beneath
bi-**nít'**
alacsony
1. *(ember)* short
2. *(tárgy)* low
sort, ló
alagsor
basement
bész-ment
alagút
tunnel
tá-n"l
aláírás
signature
szig-ni-csör
aláírni
to sign
tu szájn
Itt írja alá!
Sign here!
szájn hír
alak
figure
fi-g"r
alap
basis
bé-szisz
alatt
1. *(hely)* under
2. *(idő)* during
ȧn-dör, **djú**-ring
alázatos
humble
hȧm-b"l
alföld
plain
plén
alig
hardly
hárd-li
aljas
mean
mín

alkalmas
suitable
szú-te-b"l
Milyen időpont **alkalmas** Önnek?
What time is convenient for you?
wát-**tájm** iz kon-**ví**-ni-ent for-**jú**
alkalmazni (pl. szabályt)
to apply
tu e-**pláj**
alkalmazott *(személy)*
employee
emp-lo-**jí**
alkalmazott matematika
applied mathematics
e-**plájd** má-t'e-**má**-tiksz
alkalmi ár/vétel
bargain
bár-gen
alkalom
opportunity
op-por-**tyú**-ni-ti
alkatrész
spare part
szpeer-párt
alkoholmentes ital
soft drink
száft drink
áll
chin
csin
állam
state
sztét
államfő
head of state
hed-áv-**sztét**
állampolgárság
citizenship
szi-ti-zen-sip
állandó lakcím
permanent address
pör-má-nent e-**dressz**
állapot
condition
k"n-**di**-s"n
jó **állapotban**
in good condition
in gud-k"n-**di**-s"n
állás *(foglalkozás)*
job
dzsáb
állat
animal
e-ni-m"l
állatkert
zoo
zú

ÁLLJ!
Stop!
sztȧp

állni
to stand
tu sztend

Itt **álljon** meg!
Stop here!
sztȧp **hír**

állomás
station
szté-s”n

alma
apple
e-p”l

álmos
sleepy
szlí-pi

álom
dream
drím

alsó
lower
ló-”r

alsónadrág
underpants
ȧn-dör-pentsz

alsónemű
underwear
ȧn-dör-weer

általában
in general
in-**dzse**-ne-r”l

általános
general
dzse-ne-r”l

általános iskola
elementary school
e-le-**men**-t”-ri-szkúl

altató
sleeping pill
szlí-ping-pil

aludni
to sleep
tu szlíp

aluljáró
(GB) subway,
(US) underpass
szȧb-wéj, **ȧn**-dör-peesz

a mi [kocsink]
our [car]
ȧor-**kár**

amely
which
wics

Amerika
America
ȧ-**me**-ri-kȧ

amerikai
American
ȧ-**me**-ri-ken

amerikai mogyoró
peanut
pí-nat
ami
that
d'et
amikor
when
wen
amint lehet
as soon as possible
esz-szún-ez **pȧ**-szi-b"l
ananász
pineapple
pájn-e-p"l
Anglia
Great Britain
grét-**bri**-t"n
angol
English
ing-lis
angolna
eel
íl
angolul
in English
in **ing**-lis
antenna
aerial
e-ri-"l
ANTIKVÁRIUM
second hand book shop
sze-k"nd-**hend buk**-sȧp
anya
mother
mȧ-d'ör
anyag
material
me-**tí**-ri-"l
anyja neve
mother's name
mȧ-d'örsz-ném
anyós
mother-in-law
mȧ-d'ör-in-ló
apa
father
fá-d'ör
ÁPISZ
stationer's shop
szté-s"-nerz-sȧp
ápolónő
nurse
nörsz
após
father-in-law
fá-d'ör-in-ló
aprópénz
change (money)
cséndzs mȧni

Nincs **aprópénzem**
I have no change
áj hev **nó cséndzs**
ár
price
prájsz
Mi az **ára**?
What's the price?
wȧc-d"-**prájsz**
arany
gold
góld
arc
face
fész
arcvíz
lotion
ló-s"n
árfolyam
exchange rate
iksz-**cséndzs**-rét
árnyék
shade
séd
árpa
barley
bár-li
arra!
that way!
d'et wéj
áru
goods
gudz
ÁRUHÁZ
department store
di-**párt**-ment-sztór
árvíz
flood
flȧd
ásványvíz
mineral water
mi-ne-r"l-**wó**-tör
asszony
woman
wu-men
Asszonyom!
Madam!
me-dem
asztal
table
té-b"l
asztali tenisz
table tennis
té-b"l **te**-nisz
át
across
e-**krȧssz**
átadni *(konkrét)*
to hand over
tu hend **ó**-vör

Adja át üdvözletemet!
Please convey my regards
plíz k"n-**véj** máj ri-**gárdsz**
a te [jegyed]
your [ticket]
jor **ti**-kit
áthelyezve
transferred
trensz-förd
a ti [jegyetek]
your [ticket]
jor **ti**-kit
átjönni
to come over
tu **kám ó**-vör
átlag
average
ev-ridzs
Atlanti-óceán
Atlantic Ocean
et-**len**-tik **ó**-s"n
atlétika
track and field events
trek end **fíld** i-ventsz
ÁTMENŐ FORGALOM TILOS!
No through traffic!
nó **t'rú** tre-fik
átöltözni
to change (clothes)
tu **cséndzs klódz**
Át kell öltöznöm.
I have to change.
áj hev tu **cséndzs**
átszállni
1. *(vonat)* to change train
2. *(repülő)* to change plane
tu **cséndzs trén/plén**
átszámítás
conversion
kon-**vör**-zs"n
átutazóban vagyok
I am in transit
áj-em in-**tren**-zit
átutazó vízum
transit visa
tren-zit-ví-zà
átváltani pénzt
to exchange
tu iksz-**cséndzs**
átvenni
to take over
tu ték **ó**-vör
Ausztrália
Australia
ósz-tré-li-à
Ausztria
Austria
ósz-tri-à

autó
car
kár

autót vezetni
to drive
tu drájv

autóbusz
bus
bász

autógumi
(GB) tyre, *(US)* tire
tá-j"r

autójavító műhely
car repair shop
kár ri-**peer** sáp

autókölcsönzés
car-hire, rent-a-car service
kár-há-j"r, **rent**-e-kár **ször**-visz

automata
(főnév) slot-machine
szlát-má-**sín**
(melléknév) automatic
ó-to-**me**-tik

autómosás
car-wash
kár-wás

autópálya
motorway, expressway
mó-tor-/, eksz-**pressz**-wéj

autóstoppal utazni
to hitchhike
tu hics-**hájk**

autószerelő
car mechanic
kár me-**ká**-nik

autótérkép
road-map
ród-mep

az *(névelő)*
the
d'"
(magánhangzó előtt: d'í)

az a ....
that
d'et

az én [bőröndöm]
my [suitcase]
máj **szút**-kész

az ő [ülése]
(férfi) his [seat]
(nő) her [seat]
hisz/hör szít

azok
those
d'óz

azonban
however
háu-**e**-vör

azonkívül
besides
bi-**szájdsz**

azonnal
at once
et-**wánsz**
azóta
since then
szinsz-**d'en**
AZONNAL JÖVÖK
Back soon
bek **szún**
Azt kérem!
I want that one!
áj want **d'et wán**
azután
afterwards
áf-tör-wördz

B

-ba, -be
into
in-tú
bab
bean
bín
baba
doll
dol
bábszínház
puppet show
pá-pet-**só**
baj
trouble
trá-b"l
Nem **baj**!
It doesn't matter!
it **dá**-z"nt **me**-tör
Mi a **baj**?
What's the trouble/matter?
wátsz-d'"-**trá**-b"l/**me**-tör
bajnok/ság/
champion/ship/
csemp-j"n-sip

bajusz
moustache
mász-tás
bal
left
left
baleset
accident
ek-szi-d"nt
balett
ballet
bȧ-lé
balra
to the left
tu-d'"-**left**
balsiker
failure
fél-jör
-ban, -ben
in
in
banán
banana
bȧ-**ná**-nȧ
BANK
bank
benk
bankjegy
note, bill
nót, bil
bányász
miner
máj-n"r
bár *(noha)*
though
d'ó
barack
apricot
ép-ri-kȧt
barackpálinka
apricot brandy
ép-ri-kȧt **bren**-di
bárány
lamb
leem
barátnő
friend
frend
barátság
friendship
frend-sip
barátságot kötni
to make friends
tu-**mék frendz**
barátságos
friendly
frend-li
barátságtalan
unfriendly
ȧn-frend-li

bárhogyan
anyhow
e-ni-hau

bárhol
wherever
wer-**e**-vör

bárki
anybody
e-ni-bȧ-di

barlang
cave
kév

bármelyik
whichever
wics-**e**-vör

bármi
anything
e-ni-t'ing

bármikor
at any time
et **e**-ni tájm

barna
brown
braun

bársony
velvet
vel-vet

bátor
brave
brév

Bécs
Vienna
vi-**e**-nȧ

becsomagolni *(papírba)*
to wrap up
tu **rep**-ȧp

becsukni
to close
tu klóz

becsületes
honest
ȧ-neszt

beépített
built-in
bilt-in

befejezni
to finish
tu **fi**-nis

BEHAJTANI TILOS!
Do not enter!
dú-nat **en**-t"r

BEJÁRAT
entrance
en-trensz

bejönni
to come in
tu **kȧm**-in

Bejöhetek?
May I come in?
mé-áj **kȧm**-in

béka
frog
fràg
béke
peace
písz
békés
peaceful
písz-ful
bekötni (sebet)
to bandage
tu **ben**-didzs
bélelt
lined
lájnd
A **belépés** díjtalan
admission free
ed-**mi**-s"n **frí**
belépődíj
price of admission
prájsz-àv ed-**mi**-s"n
belépőjegy
admission ticket
ed-**mi**-s"n **ti**-kit
belföld(i)
inland
in-lend
Belgium
Belgium
bel-dzs"m

belgyógyász
internist
in-**tör**-niszt
belül *(hely)*
inside
in-szájd
egy héten **belül**
within one week
wi-d'in **wàn wík**
fél órán **belül**
in half an hour
in **háf**-en-aur
(*US:* heef)
belváros
(GB) city center
(US) downtown
szi-ti **szen**-t"r, **daun**-taun
bélyeg
stamp
sztemp
bélyeget gyűjteni
to collect stamps
tu kol-**lekt sztempsz**
bemutatni
to introduce
tu int-ro-**djúsz**
Bemutathatom [X] urat?
May I introduce Mr. [X]?
mé-áj
in-tro-**djúsz misz**-t"r X

benn
inside
in-**szájd**
benyomás
impression
im-**pres**-s"n
benzin
(GB) petrol, *(US)* gas
pet-r"l, geesz
BENZINKÚT
petrol/gas station
pet-r"l, geesz **szté**-s"n
bér *(havi)*
wage(s)
wé-dzsiz
bérelni
to rent
tu rent
bérletjegy
season ticket
szí-z"n-**ti**-kit
beszállni
1. *(vonat)* to get on,
tu get-**ån**
2. *(repülő)* to board
tu bórd
beszállókártya
boarding card
bór-ding-kárd
beszélgetés
conversation
k"n-ver-**zé**-s"n
beszélni
to speak
tu szpík
Beszél *magyarul/németül?*
Do you speak Hungarian/German?
du-ju-**szpík** hån-**ge**-ri-en/**dzsör**-men
Beszélhetek X úrral?
Can I speak to Mr. X?
ken-áj-**szpík** tu misz-t"r X
Ki **beszél**?
Who is speaking, please?
hú-iz **szpí**-king plíz
Itt … **beszél**.
This is …. speaking.
d'isz-iz …. **szpí**-king
beteg
ill
ill
Nagyon **beteg**nek érzem magam.
I feel very ill.
áj-**fíl** ve-ri-**ill**
betegség
illness
ill-nesz
beton
concrete
kån-**krít**

betű
letter
le-t"r
betűzni
to spell
tu szpel
***Betűzze** a nevét kérem!*
Spell your name, please!
szpel-jor **ném**, plíz
beutazó vízum
entry visa
ent-ri **ví**-zȧ
beváltani *(csekket)*
to cash in
tu **kes**-in
bevétel
income
in-kȧm
bezárni *(kulccsal)*
to lock up
tu **lȧk**-ȧp
Biblia
Bible
báj-b"l
bicikli
bicycle
báj-szi-k"l
bicska
pocket knife
pȧ-ket **nájf**
bikavér
bull's blood
bulz-blȧd
birka
sheep
síp
bíró *(sport)*
referee
re-f"-**rí**
bírság
fine
fájn
BISZTRÓ
snack-bar
sznek-bár
BIZOMÁNYI ÁRUHÁZ
second-hand store
sze-k"nd-**hend**-sztór
bizonyos
certain
ször-t"n
bizonytalan
uncertain
ȧn-ször-t"n
biztonság
safety
széf-ti
biztonsági ellenőrzés
safety check
széf-ti-**csek**

biztonsági öv
safety belt
széf-ti **belt**

biztos
certain, sure
ször-t"n, súr

Biztos vagyok ....
I am certain/sure
áj-em **ször**-t"n, súr

biztosítani valakit
to assure
tu e-**súr**

biztosítás
insurance
in-**sú**-rensz

BIZTOSÍTÓtársaság
insurance company
in-**sú**-rensz **kàm**-pe-ni

biztosítótű
safety pin
széf-ti-pin

blúz
blouse
blauz

Bocsánat!
I'm sorry!
ájm-**szà**-ri

Bocsánat a késésért!
(I'm) sorry to be late!
ájm-**szà**-ri tu-bi-**lét**

Bocsánat, uram, ...
Excuse me, Sir, ...
eksz-**kjúz**-mí **szőr**

bók
compliments
kàm-pli-mentsz

Köszönöm a **bókot**!
Thank you for the compliments!
t'onk jú for d'" **kàm**-pli-mentsz

boka
ankle
en-k"l

bokor
bush
bus

-ból, -ből
out of
aut-àv

boldog
happy
he-pi

Boldog születésnapot!
Happy birthday to you!
he-pi **bört'**-déj **tu-jú**

Boldog ünnepeket!
Happy holiday!
he-pi **hà**-li-déj

bolt
(GB) shop, *(US)* store
sàp, sztór

bonyodalom
complication
k"m-pli-**ké**-s"n
bonyolult
complicated
k"m-pli-**ké**-tid
bor
wine
wájn
borda
rib
rib
boríték
envelope
en-ve-lóp
borjúhús
veal
víl
borjúszelet
cutlet of veal
kàt-let àv **víl**
bor(os)pince
wine cellar
wájn sze-l"r
borotvahab
shaving foam
sé-ving-**fóm**
borotvakészülék
razor
ré-zor
borotvakrém
shaving cream
sé-ving-**krím**
borotválás, borotválkozás
shave
sév
Meg kell **borotválkoznom**
I need a shave
áj-**níd** e-**sév**
borotválkozni
to shave
tu sév
borotvapenge
razor-blade
ré-zor-bléd
BOROZÓ
wine bar
wájn-bár
borravaló
tip
tip
bors
pepper
pe-p"r
borsó
pea(s)
píz
borús *(idő)*
cloudy
klau-di

bő
loose
lúsz
bőr
1. *(élő)* skin
2. *(anyag)* leather
szkin, **le**-d'ör
bőrkabát
leather coat
le-d'őr **kót**
bőrönd
suitcase
szút-kész
börtön
prison
pri-z"n
búcsú
farewell
fer-wel
búcsúzni
to say good-bye
tu-**szé** gud-**báj**
bugyi
panti(es)
pen-tíz
Bulgária
Bulgaria
bål-**gé**-ri-å
bunda
fur-coat
för-kót
busz
bus
båsz
bútor
furniture
för-ni-csör
búza
wheat
wít
budos *lásd* bűzlik
BÜFÉ
snack-bar
sznek-bár
büntetés
punishment
på-nis-ment
bűntett
crime
krájm
bűnöző
criminal
kri-mi-n"l
büszke
proud
praud
bűzlik
it smells
it-**szmelz**

C

cél
aim
ém
Celsius-fok
centigrade
szen-ti-gréd
cérna
thread
t'red
ceruza
pencil
pen-szil
cigány/zene/
Gypsy /music/
dzsip-szi **mjú**-zik
cigaretta
cigarette
szi-gȧ-ret
cigarettázni
to smoke (a cigarette)
tu-**szmók** e-**szi**-gȧ-ret
cikk
article
ár-ti-k"l
cím(zés)
address
ed-**resz**
Adja meg a **címét**!
Give me your address!
giv-mí jor-ed-**resz**
címke
label
lé-b"l
CIPŐBOLT
shoe shop
sú-sȧp
cipő
shoe(s)
súz
cipőkrém
shoe-polish
sú-pȧ-lis
cipzár
zip-fastener
zip-**fá**-ze-n"r
cirkusz
circus
ször-k"sz
citrom
lemon
le-mon
comb
thigh
t'áj

csak
only
ón-li
csakugyan?
really?
rí-li
család
family
fe-mi-li
családi állapot(a)
marital status
me-ri-t"l **szté**-t"sz
családnév
family name
fe-mi-li-ném
csalódás
disappointment
disz-e-**pojnt**-ment
csapat
team
tím
csapolt sör
(GB) draught beer
(US) beer on tap
dráft bír, bír ȧn **tep**
csárda
inn
in
csarnok
hall
hól
csatlakozás
connection
kon-**nek**-s"n
csatlakozó (légi) **járatok**
connecting flights
ko-**nek**-ting **flájtsz**
csatorna
channel
cse-n"l
csavarhúzó
screw driver
szkrú **dráj**vör
csecsemő
infant
in-f"nt
Csehszlovákia
Czechoslovakia
cse-ko-szlo-**vék**-jȧ
csekk
check, cheque
csek
CSEMEGE
(shops for) delicatessen
de-li-ka-**te**-sz"n
csempe
tile
tájl
csend
silence
száj-lensz

csendes
quiet
kvá-jet
csengetni
to ring the bell
tu **ring**-d'"-**bell**
csengő
bell
bel
csere
exchange
iksz-**cséndzs**
cseresznye
cherry
cse-ri
csésze
cup
kȧp
csészealj
saucer
szó-ször
csevegni
to chat
tu cset
csiga
snail
sznél
csillag
star
sztár
csinálni
to make
tu mék
Mit **csinálsz**?
What are you doing?
wȧt-**ár**-ju **dú**-ing
csinos
pretty
pri-ti
csipke
lace
lész
csípő
hip
hip
csípős
hot
hȧt
csirke
chicken
csi-k"n
csodálatos
wonderful
wȧn-der-ful
csók
kiss
kisz
csokoládé
chockolate
csȧ-kȧ-let

csomag
1. *(postai)* parcel
2. *(úti)* baggage
pár-sz"l, **be**-gidzs
egy **csomag** cigaretta
a pack of cigarettes
e-**pek**-áv **szi**-gá-retsz
CSOMAGFELADÁS
Parcels
pár-sz"lz
csomagmegőrző
left-luggage office
left-**lá**-gidzs **á**-fisz
csomagolni
to pack (up)
tu **pek**-áp
csomagolópapír
wrapping paper
re-ping **pé**-pör
csomagtartó *(autóban)*
(GB) boot, *(US)* trunk
bút, tránk
csónak
boat
bót
csont
bone
bón
csoport
group
grup
csúcsforgalmi idő
rush hours
rás-aurz
csuka
pike
pájk
csúnya
ugly
ág-li
cukor
sugar
sú-g"r
cukorral vagy anélkül?
with or without sugar?
wid' or wi-d' aut **sú**-g"r
cukorbeteg
diabetic
dá-já-be-tik
CUKRÁSZDA
confectionery
k"n-**fek**-s"-ne-ri

D

dagadt
swollen
szwó-l"n

dal
song
szȧng

Dánia
Denmark
den-márk

darab
piece
písz

[5] **darab** [banán]
[5] pieces of [banana]
fájv **pí**-sz"z ȧv-bȧ-**ná**-nȧ

[2] dollár **darabja**
[2] dollars a piece
tú **dȧl**-l"rz e-**písz**

datolya
date
dét

dátum
date
dét

de
but
bȧt

defekt
flat tyre/tire
flet **tá**-j"r

dél
1. *(napszak)* noon
2. *(égtáj)* South
nún, szaut'

délben
at noon
et **nún**

dél felé
1. *(idő)* toward noon
2. *(hely)* to/toward South
to-"rd **nún**, tu/to-"rd **Szaut'**

Dél-Amerika
South-America
szaut' ȧ-**me**-ri-kȧ

delegáció
delegation
de-le-**gé**-s"n

délelőtt
1. *(főnév)* morning
2. *(hat.)* in the morning
in d"' **mór**-ning

ma **délelőtt**
this morning
d'isz mór-ning

déli
Southern
szà-d'örn
délután
afternoon
áf-tör-nún
tegnap **délután**
last afternoon
lászt áf-tör-nún
demokratikus
democratic
de-mo-**kre**-tik
derék *(főnév)*
waist
wészt
derékbőség
waist-line
wészt-lájn
derült *(ég)*
clear
klír
desszert
dessert
di-**zört**
deviza
foreign currency
fà-rin **kör**-ren-szi
dia
slide, transparency
szlájd, trànsz-**pe**-ren-szi
diák
school-boy, school-girl
szkúl-boj/görl
diákszálló
students' hostel
sztjú-dentsz-**hàsz**-tel
dicsérni
to praise
tu préz
dicsőség
glory
glo-ri
diéta
diet
dá-jet
diétázom
I am on diet
áj-em on-**dá**-jet
díj *(kitüntetés)*
prize
prájz
DÍJTALANul
free of charge
frí-àv-**csárdzs**
dinnye
melon
me-l"n
dió
(wal)nut
wól-nàt

diploma
diploma
dip-**ló**-mȧ
disznó
pig
pig
disznóhús
pork
pork
divat
fashion
fe-s"n
divatlap
fashion paper
fe-s"n **pé**-pör
divatos
fashionable
fe-s"n-e-b"l
dob
drum
drȧm
dobni
to throw
tu t'ró
dobolni
to play the drums
tu **pléj** d'" **drȧmz**
doboz
box
baksz
dohány
tobacco
to-**be**-kó
DOHÁNYBOLT
tobacconist
to-**bek**-ko-niszt
dohányozni
to smoke
tu szmók
Dohányzik?
Do you smoke?
du-ju-**szmók**
DOHÁNYOZNI TILOS!
No smoking
nó szmó-king
doktor
doctor
dȧk-t"r
Doktor úr!
Doctor!
Dȧk-t"r
dolgozni
to work
tu wörk
dóm
cathedral
ke-**t'íd**-r"l
domb
hill
hil

dönteni
to decide
tu di-**szájd**
drága
expensive
iksz-**pen**-sziv
drogéria
chemist's
ke-**misztsz**
dugó
cork
kork
dugóhúzó
corkscrew
kork-szkrú
Duna
Danube
den-júb
duplaágy
twinbed
twin-bed
durva /felület/
rough /surface/
råf **ször**-f"sz
dühös
angry
eng-ri

E

ebéd
lunch
låncs
ebédidő
lunch time
låncs-tájm
ecet
vinegar
vi-ne-g"r
eddig
1. *(idő)* so far
2. *(hely)* up to here
szó fár, åp-tu-**hír**
edény
dish(es)
di-siz
édes
sweet
szwít
ÉDESSÉGBOLT
sweet-shop, candy-store
szwít-såp, **ken**-di-sztór
edző
coach
kócs

ég(bolt)
sky
szkáj
egér
mouse
mausz
egész
whole
hól
egész nap
all day long
ól déj lång
egészen
quite
kwájt
egészség
health
helt'
Egészségére!
cheers!
csírz
egészséges
healthy
hel-t'i
éghajlat
climate
kláj-met
egres
gooseberry
gúz-be-ri
egy
one
wån
egyágyas szoba
single room
szin-g"l-rúm
egyáltalán nem
not at all
nåt-et-ól
egyéb
other
å-dör
egyébként
otherwise
å-dör-wájz
egyedül
alone
e-**lón**
egyelőre
for the time being
for-d'"-**tájm bí**-ing
egyén(i)
individual
in-di-**ví**-dju-"l
egyenesen előre!
straight forward
sztrét-**for**-wård
egyenesen tovább!
straight on
sztrét-**ån**

egyén(i)
individual
in-di-**ví**-dju-"l

egyenlő
equal
ík-v"l

egyenlőség
equality
ík-**vȧ**-li-ti

egyenruha
uniform
jú-ni-form

egyensúly
balance
be-lensz

egyesülés
union
jú-ni-on

egyesület
association
esz-szó-szi-**é**-s"n

Egyesült Államok
United States
ju-**náj**-tid **sztétsz**

egyetem
university
ju-ni-**vör**-szi-ti

egyetemi hallgató
university student
ju-ni-**vör**-szi-ti-**sztjú**-dent

egyetérteni
to agree
tu e-**grí**

Egyetért velem?
Do you agree with me?
du-ju-e-**grí** wid'-**mí**

egyharmad
one third
wȧn t'örd

egyház
church
csörcs

egyidejűleg
simultaneously
száj-mul-**té**-ni-"sz-li

egymást
one another
wȧn-e-**nȧ**-d'ör

egymás után
one after the other
wȧn áf-tör d'i **ȧ**-d'ör

egy pár [könyv]
a few [books]
e **fjú** buksz

egy pár [cipő]
a pair of [shoes]
e **peer** ȧv **súz**

egyre inkább
more and more
mór end **mór**

egységes
uniform
jú-ni-form
egyszer
once
wȧnsz
egyszeri utazásra szóló jegy
single ticket
szin-g"l **ti**-kit
egyszerű
simple
szim-p"l
egyszerűen
symply
szim-pli
egyúttal
at the same time
et d'" **szém tájm**
együtt
together
tu-**ge**-d'ör
együttes
ensemble
ȧn-**szȧmbl**
éhes
hungry
hȧng-ri
Éhes vagyok.
I am hungry.
áj em **hȧng**-ri
éjfél
midnight
mid-nájt
éjfélkor
at midnight
et-**mid**-nájt
éjjel
at night
et-**nájt**
egész **éjjel**
all night
ól-nájt
éjjeli mulató
night club
nájt-klȧb
éjjel-nappal
day and night
déj-end-**nájt**
ÉJJEL-NAPPAL NYITVA
open round the clock
ó-pen **raund**-d'"-**klȧk**
éjszaka
night
nájt
ékszer
jewel
dzsú-"l
ékszerész
jeweller
dzsú-"-ler

élni
to live
tu liv
eladási ár
selling price
sze-ling-**prájsz**
eladási propaganda
sales promotion
szélz-pro-**mó**-s”n
eladni
to sell
tu szel
eladó *(áru)*
for sale
for-**szél**
eladó *(személy)*
shop assistant
sȧp-e-szisz-tent
A férjem/feleségem **elájult**.
My husband/wife has fainted.
máj **ház**-bend/**wájf** hez-**fén**-tid
elakadást jelző háromszög
warning triangle
wór-ning-**tráj**-en-g”l
Elállt az eső!
The rain has stopped.
d”' **rén** hez **sztȧpd**
elaludni
to fall asleep
tu **fól** e-**szlíp**
elbeszélés
short story
sort-szto-ri
elbúcsúzni
to say good-bye
tu **széj**-gud-**báj**
eldönteni
to decide
tu di **szájd**
...elé
in front of ....
in **frȧnt**-ȧv
elefánt
elephant
e-le-f”nt
elefántcsont
ivory
áj-vo-ri
elég
enough
i-**nȧf**
elegáns
elegant, smart
e-le-g”nt, szmárt
elégedett
satisfied
sze-tisz-fájd
elegendő
sufficient
szȧ-**fi**-s”nt

eleje
front
frȧnt
elejteni
to drop
to drȧp
élelem
food
fúd
élelmiszerüzlet
food-store
fúd-sztór
elem
battery
be-t"-ri
elengedni
to let go
tu **let** gó
Engedje el!
Let it go!
let it **gó**
Engedjen el!
Let me go!
let mi **gó**
elérni
to reach
tu rícs
Elérjük a vonatot?
Can we catch the train?
ken-wí **kecs**-d'"-**trén**

éles
sharp
sárp
elesni
to fall
tu fól
Elestem!
I've had a fall!
ájv-hed-e-**fól**
élet
life
lájf
életkor
age
édzs
életszínvonal
standard of living
szten-derd-ȧv-**li**-ving
ÉLETVESZÉLY
Danger
dén-dzs"r
elfáradni
to get tired
tu **get tá**-j"rd
Elfáradtam!
I am tired!
áj-em **tá**-j"rd
elfelejteni
to forget
tu for-**get**

elfogadni
to accept
tu ek-**szept**
elfoglalt
busy
bi-zi
elfogyasztani
to consume
tu k"n-**szjúm**
elhagyni
to leave
tu lív
elhalasztani
to put off
tu **put** åff
elindulni
to start
tu sztárt
elintézni
to arrange
tu e-**réndzs**
elismervény
receipt
ri-**szít**
eljutni
to get to
tu **get** tu
Hogy **jutok el** [New York]-ba?
How can I get to [New York]?
hau ken áj **get** tu nyú-**jork**

elképzelni
to imagine
tu i-**me**-dzsin
Képzelje el!
Imagine!
im-**me**-dzsin
elkésni
to be late
tu bi **lót**
elkísérni
to accompany
tu e-**kåm**-pe-ni
elküldeni
to send
tu szend
ellátás
board
bórd
teljes **ellátás**
full board
ful bórd
ellen
against
e-**génszt**
ellenkező esetben
otherwise
å-d'ör-wájz
ellenkezőleg
on the contrary
ån d'" **kån**-tre-ri

ellenőrizni
to check
tu csek

ellenszenv
antipathy
en-**ti**-p”-t’i

Ellopták a [táskámat]!
[My bag] was stolen!
máj **beg** woz **sztó**-l”n

elmélet
theory
t’i-o-ri

élmény
experience
eksz-**pí**-ri-ensz

elmesélni
to tell
tu tell

Elnézést!
Excuse me!
eksz-**kjúz**-mí

Elnézést a zavarásért!
Excuse me for disturbing you!
eksz-**kjúz**-mí for-disz-**tör**-bing-jú

élni
to live
tu liv

elnök
president
pre-zi-dent

eloltani *(villanyt)*
to switch off
tu **szwics**-åff

élő
living
li-ving

előadás *(színházi)*
performance
pör-**for**-månsz

előétel
appetizer
e-pe-táj-z”r

előhívni *(fényképet)*
to develop
tu **de**-ve-låp

elöl
in front
in-**frånt**

előny
advantage
ed-**ván**-tidzs

előnyös
advantageous
ed-ven-**té**-dzs”sz

előre
1. *(térben)* forward
2. *(időben)* in advance
fór-ward, in ed-**vánsz**

Előre is köszönöm!
Thank you in advance.
t’enk-jú-in-ed-**vánsz**

először
for the first time
for-d'" **förszt**-tájm

...előtt
1. *(tér)* in front of **...**
2. *(idő)* before **...**
in **fránt**-áv, bi-**fór**

előváros
suburb
szá börb

elővétel
advance booking
ed-**vánsz bu**-king

ELŐVÉTELI PÉNZTÁR
advance booking office
ed-**vánsz bu**-king **á**-fisz

ELŐZNI TILOS
No overtaking/passing
nó **ó**-v"r-**té**-king/**pe͜e**-szing

előző
previous
prí-vi-"sz

első
first
förszt

első osztály
first class
förszt klász

ELSŐSEGÉLY
first aid
förszt-éd

eltévedni
to get lost
tu get **lászt**

Eltévedtem!
I lost my way.
áj **lászt** máj **wéj**

eltölteni
to spend
tu szpend

Otthon **töltöttem** az éjszakát
I spent the night at home.
áj-**szpent**-d'"-**nájt** et-**hóm**

eltörni
to break
tu brék

Betört az üveg
the glass is broken
d'"-**glász**-iz **bró**-ken

eltűnni
to disappear
tu disz-e-**pír**

elutazni
to leave
tu lív

Holnap **utazom** /[London]-ba/
Tomorrow I'm leaving /for [London]/
tu-**má**-ró ájm-**lí**-vingfor-**lán**-don

elütni *(autóval)*
to hit
tu hit
elv
principle
prin-szi-p"l
elvált *(állapot)*
divorced
di-**vorszd**
elvenni
to take away
tu **ték** e-**wéj**
elveszteni
to loose
tu lúz
Elvesztettem a pénztárcámat!
My purse is lost!
máj-**pörsz**-iz-**lászt**
ember
man
men
emberek
people
pí-p"l
.... EMELET
floor
flór
emlék
memory
me-mo-ri
emlékezni
to remember
tu ri-**mem**-b"r
emlékmű
monument
mán-ju-ment
emléktárgy
souvenir
szú-vö-nír
én
I
áj
ének
song
szang
énekelni
to sing
tu szing
énekesnő
singer
szin-g"r
engedély
permission
pör-**mis**-s"n
engedélyezni
to permit
tu pör-**mit**
enni
to eat
tu ít

enyém
mine
májn
Ez a [bőrönd] **az enyém**.
This [suitcase] is mine.
d'isz **szút**-kész iz **májn**
enyhe
mild
májld
eper
strawberry
sztró-be-ri
építeni
to build
tu bild
épület
building
bil-ding
Nem **érdekel**.
I'm not interested.
ájm **nát** in-t"-**resz**-tid
érdekes
interesting
in-t"r-**esz**-ting
Érdeklődni szeretnék.
I'd like to inquire.
ájd **lájk** tu in-**kvá**-j"r
érni valamit
to be worth
tu bí **wört'**
Nem **ér** semmit.
It's worth nothing.
itsz **wört' nȧ**-t'ing
Erdély
Transylvania
tren-szil-**vé**-ni-ȧ
érdemes
worthwhile
wört'-wájl
erdő
forest
fȧ-reszt
eredeti/leg/
original/ly/
o-**rí**-dzsi-n"l-li
eredmény
result
ri-**zált**
(sportban) score
szkór
érett
ripe
rájp
érezni magát
to feel
tu fíl
érinteni
to touch
tu tȧccs

erkély
balcony
bál-ko-ni
érkezés
arrival
e-**ráj**-v"l
ÉRKEZŐ VONATOK
arrivals
e-**ráj**-v"lz
érme
coin
kojn
erő
strength
sztrengt'
erős
strong
sztràng
erőszak/kal/
/by/ force
báj **forsz**
Erre!
This way!
d'isz wéj
-ért
for
for
Értem jönnek.
I'll be met.
ájl bí **met**
érték/es/
value/able/
vel-ju-e-b"l
ÉRTÉKCIKKÁRUSÍTÁS
stamps, letters
sztempsz, **le**-törz
értekezlet
conference
kàn-fe-rensz
értéktárgyak
valuables
vel-ju-e-b"lz
értéktelen
worthless
wört'-lesz
érteni
to understand
tu àn-dör-**sztend**
/Nem/ **értem**.
I /don't/ understand.
áj **dont** àn-dör-**sztend**
érvényes
valid
ve-lid
érvényesség
validity
ve-**li**-di-ti
érzelem
emotion
i-**mó**-s"n

és
and
end
esemény
event
i-**vent**
esernyő
umbrella
ȧm-**bre**-lȧ
eset
case
kész
Abban az **esetben**, ha ....
In case ....
in **kész**
esetleg
perhaps
pör-**hepsz**
esküvő
wedding
we-ding
esni *(eső)*
it rains
it rénz
esőkabát
rain coat
rén kót
eső/s/
rain/y/
rén-i
este
evening
ív-ning
este [8]-kor
at [8] o'clock in the evening
et **ét** ö **klȧk** in d'i **ív**-ning
tegnap **este**
last night
lászt nájt
holnap **este**
tomorrow night
tu-**mȧ**-ró nájt
északi
Northern
nor-d'"rn
Észak-Amerika
North-America
nort'-ȧ-**me**-ri-kȧ
eszembe jutott
it occured to me
it o-**körd** tu-**mí**
eszméletlen
unconscious
ȧn-**kȧn**-s"sz
ESZPRESSZÓ
coffee-bar
kȧ-fí-bár
észrevenni
to notice
tu **nó**-tisz

étel
food
fúd
étkezés
meal
míl
étkezés előtt/után
before/after meals
bi-**fór/áf**-tör mílz
étlap
menu
men-ju
étkezőkocsi
dining car
dáj-ning-kár
ÉTTEREM
Restaurant
resz-to-ránt
étvágy
appetite
e-pe-tájt
Európa
Europe
ju-rop
Európa Bajnokság
European Championship
ju-ro-**pí**-en **csemp**-j"n-sip
európai
European
ju-ro-**pí**-en
év
year
jír
evangélikus
Lutheran
lu-d'e-r"n
évenként
annually
en-nju-e-li
... éves vagyok
I am ... years old
áj em ... **jírz** óld
évforduló
anniversary
e-ni-**vör**-sze-ri
evőkanál
table spoon
té-b"l **szpún**
évszak
season
szí-z"n
expressz levél
(GB) express letter
eksz-presz **le**-t"r
(US) special delivery
szpe-söl de-**li**-vö-ri
ez a [könyv]
this [book]
d'isz buk

Ez az!
That's it!
d'etsz-it

ez előtt a [ház] előtt
in front of this [house]
in **fránt**-áv **d'isz** hausz

ezek
these
d'íz

ezelőtt
ago
e-**gó**

/[2] héttel/ **ezelőtt**
/[two] weeks/ ago
tú **wíksz** e-**gó**

ezenkívül
besides
bi-**szájdsz**

ezer
thousand
t'au-zend

ezért
therefore
d'er-fór

ezüst
silver
szil-v"r

F

fa
1. *(élő)* tree
2. *(anyag)* wood
trí, wud

fácán
pheasant
fe-z"nt

fagy
frost
fraszt

fagyálló folyadék
anti-freeze mixture
en-ti-fríz **miksz**-csör

FAGYLALT
ice-cream
ájsz-krím

fájdalom
pain
pén

fáj a [fejem]
I have a [head] ache
áj-hev-e-**hed**-ék

fájdalomcsillapító
pain-killer
pén-ki-l"r

fajta
kind
kájnd
ez a **fajta** [érzés]
this kind of (feeling)
d'isz kájnd áv **fí**-ling
fal
wall
wól
falat
bite
bájt
FALATOZÓ
snack-bar
sznek-bár
falu
village
vi-lidzs
fánk
doughnut
dó-nát
fáradt
tired
tá-j"rd
fárasztó
tiring
táj-ring
farkas
wolf
wulf
farmernadrág
blue jeans
blú-dzsínz
fázni
to be cold
tu bí **kóld**
fázik a [kezem]
[my hands] are cold
máj **hendsz** ár **kóld**
fegyver
weapon
we-p"n
fehér
white
wájt
fej
head
hed
fejfájás
headache
hed-ék
fejlődés
development
di-**ve**-lop-ment
fejlődni
to develop
tu **di**-ve-lop
fék
brake
brék

fekete
black
blek
fekete-fehér
black-and-white (B/W)
blek-end-wájt
fekete bors
black pepper
blek pe-p"r
Fekete-tenger
Black Sea
blek szí
feküdni
to lie
tu láj
fél
half
háf, *(US)* heef
fél óra múlva
in half an hour
in **háf**-en/**heef**-en **aur**
feladni (levelet)
to mail/post a letter
tu **mél/pószt** e le-t"r
félbeszakítani
to interrupt
tu in-t"r-**rápt**
felé
towards
to-w"rdz
felébredni
to wake
tu wék
felébreszteni
to wake up
tu **wék**-áp
Legyen szíves **felébreszteni** [7]-kor!
Will you wake me up at [7]!
will-ju **wék**-mí-áp et-**sze**-v"n
félédes
semi-sweet
szí-mi-**szwít**
felekezet
denomination
di-no-mi-**né**-s"n
felelet
answer
án-ször
felelősség
responsibility
risz-pon-szi-**bi**-li-ti
felemelni
to lift
tu lift
feleség
wife
wájf
feleségül venni
to marry
tu **me**-ri

felesleges (szükségtelen)
unnecessary
àn-ne-sze-sz"-ri

...felett
above...
e-**bàv**

FÉLFOGADÁS
business hours
biz-nisz-aurz

felgyújtani *(villanyt)*
to switch on the light
tu **szwics** àn d'" **lájt**

felhívni
to call up
tu **kól** àp

felhő/s/
cloud/y/
klaud-i

felhőkarcoló
skyscraper
szkáj-szkré-pör

félidő
half-time
háf-tájm (*US:* **heef**-tájm)

felirat
inscription
in-**szkrip**-s"n

feljebb
higher
há-j"r

felkelni
to get up
tu get **àp**

felkeresni
to call on
tu **kól** àn

felnőtt
grown-up
gró-nàp

felöltő
overcoat
ó-vör-kót

felpróbálni
to try on
tu **tráj** àn

Felpróbálhatom?
May I try it on?
mé-áj-**tráj**-it àn

félreértés
misunderstanding
miz-àn-dör-**szten**-ding

felső
upper
à-p"r

felszállni
1. *(köd)* to lift up
2. *(repülő)* to take off
lift àp, **ték** àff

félszáraz
semi-dry
szí-mi-dráj

félsziget
peninsula
pen-**in**-szu-lȧ
felszín
surface
ször-f"sz
feltétel
condition
k"n-**di**-s"n
azzal a **feltétellel**, hogy
under the condition that
ȧn-dör d'" k"n-**di**-s"n **d'et**
feltéve, hogy
provided that
pro-**váj**-did **d'et**
felület
surface
ször-f"sz
felüljáró
overpass
ó-vör-pász
felülről
from above
frȧm-e-**bȧv**
felvágott
cold cuts
kóld kȧtsz
felváltani *(pénzt)*
to change money
tu **cséndzs mȧ**-ni

felváltva
taking turn
té-king **törn**
felvenni
1. *(földről)* to pick up
2. *(ruhát)* to put on
3. *(hangot, képet)* to record
pik ȧp, **put** ȧn, ri-**kórd**
felvétel
recording
ri-**kór**-ding
felvilágosítás
information
in-for-**mé**-s"n
fém
metal
me-t"l
feneke
bottom
bȧ-t"m
a **fenekén**
at the bottom
et d'" **bȧ**-t"m
fenn
upstairs
ȧp-szterz
fény
light
lájt

fénykép
photo
fó-tó
fényképezni
to photograph
tu **fó**-to-gráf
fényképezőgép
camera
ke-m"-rå
fenyő
pine
pájn
férfi
man
men
FÉRFIAK
Gentlemen
dzsen-t"l-men
férfidivatáru
men's wear
menz-weer
férj
husband
håz-bend
férjes, férjezett
married
me-rid
fertőzés
infection
in-**fek**-s"n
festék
paint
pént
festmény
painting
pén-ting
festő
painter
pén-t"r
fésű
comb
kóm
fésülködni
to comb
tu kóm
fia
son
szån
fiatal
young
jång
figyelem
attention
e-**ten**-s"n
Figyelem, figyelem!
Attention, please!
e-**ten**-s"n plíz
figyelmeztetés
warning
wór-ning

film
1. *(mozi)* motion picture
2. *(anyag)* film
mó-s"n **pik**-csör/film

finn
Finnish
fi-nis

Finnország
Finland
fin-lend

fiókiroda
branch office
bráncs-å-fisz

fiú
boy
boj

fivér
brother
brå-d'ör

fizetés *(havibér)*
salary
sze-l"-ri

fizetni
to pay
tu péj

fizetve
paid
péjd

fix
firm
förm

fodrász
hairdresser
heer-dre-sz"r

fog *(főnév)*
tooth
túť

fogás *(étel)*
course
korsz

fogaskerekű vasút
cogwheel rail
kåg-wíl rél

fogfájás
toothache
túť-ék

fogkefe
toothbrush
túť-bras

fogkrém
toothpaste
túť-pészt

foglalkozás
profession, occupation
pro-**fe**-s"n, å-kju-**pé**-s"n

FOGLALT
reserved
ri-**zörvd**

fogorvos
dentist
den-tiszt

fogpiszkáló
toothpick
túť-pik
fok
degree
di-**grí**
fokhagyma
garlic
gár-lik
fokozat
grade
gréd
folyamat
process
pró-szesz
folyamatban van
it is in progress
it-iz in **pró**-gresz
folyó
river
ri-v"r
folyópart
river-bank
ri-v"r-benk
folyosó
corridor
ko-ri-dór
folytatni
to continue
tu kon-**tin**-jú
fontos
important
im-**pór**-t"nt
fordulni
to turn
tu **törn**
***Forduljon** balra/jobbra!*
Turn left/right
törn **left/rájt**
forgalmas
busy
bi-zi
forgalmi dugó
traffic jam
tre-fik dzsem
forgalom
traffic
tre-fik
FORGALOM ELŐL ELZÁRVA
closed to traffic
klózd-tu-**tre**-fik
FORGALOMELTERELÉS
Detour/Diversion
dí-túr/dáj-**vör**-zs"n
forró
hot
hát
főfogás
main course
mén-korsz

föld
earth
ört'
földalatti
underground
àn-dör-graund
Földközi-tenger
Mediterranean Sea
me-di-ter-**ré**-ni-en **szí**
földszint
ground floor
graund flór
földút
dirt road
dört ród
... fölé
above **...**
e-**bàv**
főleg
mainly
mén-li
főnök
boss
bossz
főszerkesztő
editor-in-chief
e-di-tor-in-**csíf**
főtitkár
Secretary-General
szek-re-t"-ri **dzse**-ne-r"l

főtt tojás
boiled egg
bojld eg
főváros
capital
ke-pi-t"l
főzelék
vegetable
ve-dzs(i)-te b"l
főzni
to cook
tu kuk
francia
French
frencs
Franciaország
France
fránsz
friss
fresh
fres
FRISSEN MÁZOLVA!
Wet paint
wet pént
frizura
hair-do
heer-dú
fúj a szél
the wind is blowing
d'" **wind**-iz **bló**-ing

furcsa
strange
sztréndzs
futball
soccer
szȧ-k"r
futni
to run
tu rȧn
fű
grass
grász
FŰRE LÉPNI TILOS!
Keep off the grass!
kíp-ȧff-d''' **grász**
füge
fig
fig
attól **függ**
it depends on ...
it di-**pendsz** ȧn
független
independent
in-di-**pen**-dent
attól **függetlenül**
independently of that
in-di-**pen**-dent-li ȧv-**d'et**
függöny
curtain
kör-t"n
fül
ear(s)
írz
fülbevaló
ear-ring
ír-ring
fülhallgató
ear-phone
ír-fón
fülke *(vasúti)*
compartment
kom-**párt**-ment
fürdés
bathing
bé-d'ing
fürdeni *(kádban)*
to have a bath
tu **hev**-e **bát'**
fürdő
bath
bát'
fürdőkád
bath tub
bát'-tȧb
fürdőköpeny
bath-robe
bát'-rób
fürdőruha
bathing suit
bé-d'ing-szjút

fürdősapka
swimming cap
szwi-ming kep
fürdőszoba
bathroom
bát'-rúm
füst
smoke
szmók
füstölt
smoked
szmókd
fűszer
spice
szpájsz
fűszeres *(étel)*
spicy
szpáj-szi
fűtés
heating
hí-ting
füzet
exercise book
ek-ször-szájsz **buk**
fűző *(női)*
girdle
gör-d"l

G

galamb
pigeon
pi-dzs"n
gallér
collar
kȧ-l"r
galuska
noddle(s)
nú-d"lz
garancia
guarantee
gȧ-rȧn-tí
garantálni
to guarantee
tu **gȧ**-rȧn-tí
GARÁZS
garage
gȧ-**rádzs**
gáz
gas
geesz
gazdag
rich
rics

gazdaságos
economical
i-ko-**ná**-mi-k"l
gázpedál
accelerator
ek-sze-le-**ré**-t"r
generáció
generation
dzse-ne-**ré**-s"n
gép
machine
má-**sín**
gerinc
spine
szpájn
gesztenye
chestnut
cseszt-nát
gitár
guitar
gi-**tár**
golfozni
to play golf
tu pléj **gálf**
gólya
stork
sztork
golyóstoll
ball-point-pen
ból-pojnt-**pen**
gomb
button
bá-t"n
gomba
mushroom
más-rúm
gombóc
dumpling
dámp-ling
gondatlanság
carelessness
ker-lesz-nesz
gondolat
thought
t'ót
gondolkodni
to think
tu t'ink
Azt **gondoltam**, hogy ....
I thought that ....
áj **t'ót** d'et ....
görög
Greek
grík
görögdinnye
water-melon
wó-t"r-me-l"n
Görögország
Greece
grísz

Gratulálok!
Congratulations!
kon-gra-tju-**lé**-s"nz

gumi
rubber
rȧ-b"r

gumiabroncs
(GB) tyre, *(US)* tire
tá-j"r

gyakorlati
practical
prek-ti-k"l

gyakorlott
experienced
eksz-**pí**-ri-enszd

gyakran
often
ȧ-fen

gyakorlatilag
practically
prek-ti-k"-li

gyalog menni
to walk
tu wók

gyalogátkelőhely
pedestrian crossing
pe-**desz**-tri-en **krȧ**-szing

gyalogtúra
walking tour
wó-king túr

gyapjú
wool
wúl

gyár
factory
fek-tö-ri

gyártani
to manufacture, to produce
tu men-ju-**fek**-csör, pro-**djúsz**

gyártmány
product
prȧ-dȧkt

gyémánt
diamond
dá-j"-mond

gyenge
weak
wík

Gyere ide!
Come here!
kȧm hír

gyermek
child
csájld

gyermekkocsi
pram
prem

Gyerünk!
Let's go!
letsz **gó**

gyógyforrás/-fürdő
medicinal spring/bath
me-**di**-szi-n"l szpring/bát'
gyógyítani
to cure
tu kjúr
gyógymód
therapy
t'e-rȧ-pi
gyógyszer
medicine
med-szin
gyógyszertár
chemist's, pharmacy
ke-misztsz, **fȧr**-mȧ-szi
gyógyulás
healing
hí-ling
gyógyvíz
medicinal water
me-**di**-szi-n"l **wó**-t"r
gyomor
stomach
sztȧ-mek
gyomorégés
heartburn
hárt-börn
gyomorrontás
indigestion
in-di-**dzsesz**-cs"n
gyors/an/
quick/ly/
kwik-li
gyorsvonat
fast train
fászt trén
gyöngy
pearl
pörl
győzni
to win
tu **win**
Győztem!
I win
áj-win
győztes
winner
wi-ner
gyufa
match(es)
me-csiz
gyufásskatulya
match-box
mecs-baksz
gyújtás (motor)
ignition
ig-**ni**-s"n
gyújtógyertya
spark-plug
szpárk-plȧg

gyulladás
inflammation
in-flȧm-**mé**-s”n
gyűjtemény
collection
kol-**lek**-s”n
gyűjteni
to collect
tu kol-**lekt**
gyűlölni
to hate
tu hét
gyűlés
meeting
mí-ting
gyümölcs
fruit
frút
gyümölcslé
juice
dzsúsz
gyűrű
ring
ring

H

ha
if
if
háború
war
wór
hacsak nem
unless
ȧn-**lesz**
hacsak nem ő érkezik meg hamarabb
unless he arrives earlier
ȧn-**lesz** hí er-**rájvz ör**-li-er
Hadd lássam!
Let me see!
let mí **szí**
hadsereg
army
ár-mi
Hága
The Hague
d’” **hég**

hagyma
onion
ón-j”n

hagyni
to let
tu let

Hagyja!
Leave it!
lív-it

hagyományos
traditional
trȧ-**di**-sö-n”l

haj
hair
heer

hajadon
single
szin-g”l

hajítani
to throw
tu t’ró

hajkefe
hairbrush
heer-brȧs

hajlakk
hair-spray
heer-szpré

hajó
ship
sip

hajókirándulás
boat-trip
bót-trip

hajszárító
hair-drier
heer-drá-j”r

hajvágás
hair-cut
heer-kȧt

hal
fish
fis

haladás
progress
pró-gresz

halál
death
det’

hálás
grateful
grét-ful

Nagyon **hálás** vagyok Önnek!
I am very grateful to you!
áj em **ve**-ri **grét**-ful tu **jú**

Halászbástya
Fishermen’s Bastion
fi-ser-**menz besz**-tj”n

halk
soft
szȧft

hall *(szállodában)*
lounge
laundzs
hallani
to hear
tu hír
Hallotta?
Have you heard?
hev-jú **hörd**
Hallott róla?
Have you heard about it?
hev-jú **hörd** e-**baut**-it
hallgatni valamit
to listen to …
tu **li**-szen tu
Ezt **hallgassa** meg!
Listen to this!
li-szen tu-**d'isz**
hallgató *(telefon)*
receiver
ri-**szí**-v"r
hallókészülék
hearing aid
hí-ring éd
hálóing
night-gown
nájt-gaun
hálókocsi
sleeping-car
szlí-ping-kár
hálószoba
bedroom
bed-rúm
halott
dead
ded
hálózsák
sleeping bag
szlí-ping beg
hamar
soon
szún
hamis
false
fólsz
hamutartó
ash-tray
es-tréj
hang
1. *(ember)* voice
2. *(más)* sound
vojsz, szaund
hanglemez
record
re-k"rd
HANGLEMEZBOLT
record shop
re-k"rd-sàp
hangos
loud
laud

hangszer
(musical) instrument
(mjú-zi-k"l) **insz**-tru-ment

hangverseny
concert
kån-sz"rt

hány
how many
hau-me-ni

Hány óra?
What's the time?
wåtsz-d"'-**tájm**

Hánykor?
At what time?
et **wåt**-tájm

Hanyas busz megy ... felé?
Which bus goes to ...?
wics-båsz **góz**-tu

Hány *[csomagja] van?*
How many [bags] have you got?
hau-me-ni **begz** hev-jú-**gåt**

hányinger
nausea
nó-szi-"

hányni
to vomit
tu **vå**-mit

hányszor?
how many times?
hau-me-ni-**tájmz**

haragudni
to be angry
tu bi **eng**-ri

Ne **haragudjék** rám!
Don't be angry with me!
dont bí **eng**-ri wid' **mí**

harang
church bell
csörcs-bel

harapni
to bite
tu bájt

HARAPÓS KUTYA!
Beware of the dog!
bi-**weer** åv-d"'-**dag**

hárfa
harp
hárp

harisnya
stocking(s)
sztå-kingz

harisnyanadrág
tight(s)
tájtsz

harmadik
third
t'örd

harminc
thirty
t'ör-ti
HARMÓNIA
(souvenir-shops)
három
three
t'rí
háromnegyed
three-quarters
t'rí-**kwó**-t"rz
háromszögű
triangular
tráj-**eng**-ju-l"r
has
belly
be-li
hashajtó
laxative
lȧk-szȧ-tív
hasmenés
diarrh(o)ea
dá-jȧ-ri
hasonló
similar
szi-mi-l"r
HASZNÁLAT ELŐTT FELRÁZANDÓ!
Shake well before use!
sék-wel bi-**fór**-júsz
HASZNÁLATI UTASÍTÁS
Direction(s) for use
di-**rek**-s"nz for-**júsz**
használni
to use
tu júz
használt
used
júzd
használt autó
used car
júzd-kár
használt cikkek boltja
second hand shop
sze-k"nd-hend-sȧp
hasznos
useful
júsz-ful
hat
six
sziksz
hát *(főnév)*
back
bek
hatalmas
huge
hjúdzs
hatalom
power
pau-"r

hatályba lépni
to come into force
tu **kám**-in-tú-**forsz**

határ
border
bór-der

határállomás
border station
bór-der-**szté**-s"n

határidő
deadline
ded-lájn

határozat
decision
di-**szí**-zs"n

hatás
effect
e-**fekt**

hátizsák
knapsack
nep-szek

hátrafelé
backwards
bek-wördz

hátrány
disadvantage
disz-ed-**ván**-tidzs

hátsó ülés
back seat
bek szít

háttér
background
bek-graund

hattyú
swan
szwán

hátulról
from behind
from bi-**hájnd**

hatvan
sixty
sziksz-ti

ház
house
hausz

haza *(hon)*
native country
né-tiv **kánt**-ri

házas
married
me-rid

házaspár
married couple
me-rid **ká**-p"l

házastárs
spouse
szpauz

házasság
marriage
me-ridzs

háziállat
domestic animal
do-**mesz**-tik-**e**-ni-m"l

háztömb
block
blȧk

hazudni
to lie
tu láj

hegedű
violin
vá-jo-lin

hegy
mountain
maun-ten

hely
place
plész

helyes *(igaz)*
correct
ko-**rekt**

... helyett
instead of ....
in-**szted**-ȧv

helyettes *(állandó)*
deputy
dep-ju-ti

helyettesíteni
to substitute
tu szȧb-szti-**tjút**

helyfoglalás
reservation
re-zer-**vé**-s"n

helyi
local
ló-k"l

helyzet
situation
szi-tju-**é**-s"n

hentes
butcher
bu-csör

hét
1. *(7)* seven
2. *(idő)* week
sze-v"n, wík

hetilap
weekly
wík-li

hétköznap
weekday
wík-déj

hétvége
weekend
wík-end

hetven
seventy
sze-v"n-ti

hiába
in vain
in **vén**

hiány
shortage
sor-tidzs
hiba
mistake
misz-**ték**
híd
bridge
bridzs
hideg
cold
kóld
hideg étel
cold meal
kóld míl
hitel
credit
kre-dit
hivatal
office
à-fisz
hivatalos
official
o-**fi**-s"l
hivatás
profession
pro-**fe**-s"n
hivatásos
professional
pro-**fe**-s"n-el

hívni
to call
tu kól
hízni
to put on weight
tu **put** àn **wéjt**
hó
snow
sznó
hogy
that
d'et
hogyan?
how?
hau
Hogy hívják ezt angolul?
How do you call that in English?
hau du jú **kól** d'et in **ing**-lis
Hogy tetszik/tetszett?
How do/did you like it?
hau du/did jú **lájk** it
Hogy van?
How are you?
hau ár jú
hol?
where?
weer

Hol kell átszállnom?
Where do I have to change?
weer dú-áj-hef-tu **cséndzs**

Hol kell kiszállni?
Where do I get out?
weer dú-áj-**get**-aut

Hol vagyunk most?
Where are we now?
weer ár-wí-**nau**

hold
moon
mún

holland
Dutch
dȧcs

Hollandia
the Netherlands
d'" **ne**-d'ör-lendsz

holmi
belonging(s)
bi-**lȧn**-gingsz

holnap
tomorrow
tu-**mȧ**-ró

holnapután
the day after tomorrow
d'" **déj**-áf-t"r-tu-**mȧ**-ró

homok
sand
szend

hónap
month
mȧnt'

honnan?
where .... from?
weer .... frȧm

Honnan jött?
Where did you come from?
weer did jú **kȧm** frȧm

honvágy
homesickness
hóm-szik-nesz

hordani *(ruhát)*
to wear
tu weer

hordár
porter
pór-tör

horgászbot
fishing rod
fi-sing rȧd

horgászni
to angle
tu **en**-g"l

horog
angle
en-g"l

hosszú
long
lång

hosszúság
length
lengt'

hova?
where?
weer

Hová megy?
Where are you going?
weer ár jú **gó**-ing

Hová való?
Where are you from?
weer ár jú **fråm**

-hoz, -hez, -höz
to
tu

hozni
to bring
tu bring

Hozzon egy ....
Bring me a(n) ....
bring-mí-en

hozzánk
to us
tu-**ász**

hozzászokni
to get accustomed
tu **get** e-**kász**-t"md

hölgy
lady
lé-di

hőmérő
thermometer
t'ör-mo-**mí**-t"r

hőmérséklet
temperature
tem-pre-csör

hőség
heat
hít

hullám
wave
wév

humán tudományok
humanities
hjú-**me**-ni-tiz

humor
humour
hjú-m"r

hús
(test) flesh
(étel) meat
fles, mít

HÚSBOLT
butcher's
bu-cs"rz

húsvét
Easter
ísz-t"r

húsz
twenty
twen-ti
huzat/os/
draught/y/
dráf-ti
húzni
to pull
tu pul
hű
faithful
fét'-ful
hűlés
cold
kóld
hűs
cool
kúl
hűtőszekrény
refrigirator
re-fri-dzsi-**ré**-t"r
hűvös
chilly
csi-li

I

ibolya
violet
vá-jo-let
ide
here
hír
ideg
nerve
nörv
idegen
stranger
sztrén-dzsör
IDEGENEKNEK TILOS A BEMENET!
No entry!
nó ent-ri
idegenforgalom
tourism
tú-ri-z"m
ideges
nervous
nör-vösz
idény
season
szí-z"n

idő
time
tájm
időben
in time
in-**tájm**
Mennyi ideig?
How long?
hau láng
időjárás
weather
we-d'ör
időjárás-jelentés
weather forecast
we-d'ör-**fór**-kászt
időközben
meanwhile
mín-wájl
időtöltés
pastime
pász-tájm
ifjúság
youth
júť'
ifjúsági szálló
youth hostel
júť'-hosz-tel
-ig
till
til
igaz
true
trú
(Önnek) **igaza van**!
You are right!
jú-ár **rájt**
igazán?
really?
rí-li
igazgató
director
di-**rek**-tor
igazolás
certificate
ször-**ti**-fi-két
igazság
truth
trúť'
igen
yes
jesz
ígéret
promise
prá-misz
így
so
szó
illetékes
responsible
risz-**pán**-szi-b"l

ilyen
such
szȧcs

ilyen szép/jó
so nice/good
szó **nájsz/gud**

ima
prayer
pre-er

indiai
Indian
in-di-"n

indián
red Indian
red in-di-"n

indulás
departure
di-**pár**-csör

indulni
to start off
tu **sztárt** ȧf

INDULÓ VONATOK
Departures
di-**pár**-csörz

influenza
flu
flú

információ
information
in-for-**mé**-s"n

ing
shirt
sört

ingyenes
free (of charge)
frí-ȧv csárdzs

injekció
shot
sȧt

inkább
rather
rá-d'ör

innen
from here
from-**hír**

inni
to drink
tu drink

intézet
institute
in-szti-tjút

ipar
industry
in-**dȧszt**-ri

ír *(főnév)*
Irishman
áj-ris-men

ír *(melléknév)*
Irish
áj-ris

irány
direction
di-**rek**-s"n
Jó **irányba** megyek .... felé?
Is this the right direction to ....?
iz-d'isz d'"-**rájt**-di-**rek**-s"n tu
irat
document
dȧk-ju-ment
írni
to write
tu rájt
író
writer
ráj-tör
iroda
office
ȧ-fisz
irodalom
literature
lit-ri-csör
írógép
typewriter
tájp-ráj-tör
Írország
Ireland
á-j"r-lend
is
too
tú
iskola
school
szkúl
iskolaév
school-year
szkúl-jír
ismeretlen
unknown
ȧn-nón
ismerni
to know
tu nó
ismerős
1. *(főnév)* acquaintance
2. *(melléknév)* familiar
ek-**vén**-tensz, fe-**mi**-li-"r
ismert /dolog/
well-known /fact/
wel-nón-**fekt**
ismételni
to repeat
tu ri-**pít**
Kérem, **ismételje meg**!
Please, repeat it!
plíz, ri-**pít**-it
Isten
God
gȧd
Isten éltesse(n)!
Many happy returns
me-ni **he**-pi-ri-**törnz**

istentisztelet
(church) service
csörcs-ször-visz
ITALBOLT
pub, saloon
páb, szá-**lún**
itallap
wine list
wájn-liszt
itt
here
hír
ITT NYÍLIK!
Open here
ó-pen **hír**
ittas
drunk
dránk
íz
taste
tészt
izgalmas
exciting
iksz-**száj**-ting
izgatott
excited
iksz-**száj**-tid
ízlés
taste
tészt

J

japán
Japanese
dzse-pe-níz
Japán
Japan
dzse-**pen**
járatszám *(repülő)*
flight number
flájt nám-b"r
járda
pavement, *(US)* sidewalk
pév-ment, **szájd**-wók
jármű
vehicle
ve-hi-k"l
járvány
epidemic
e-pi-**de**-mik
játék
play
pléj
játékbolt
toy-shop
toj-sáp

játszani
to play
tu pléj
javítóműhely
repair shop
ri-**peer** sàp
javulni
to improve
tu im-**prúv**
jég
ice
ájsz
jégrevű
ice show
ájsz só
jegy
ticket
ti-kit
jegyet váltani
to book a ticket
tu **buk**-e-**ti**-kit
jegyelővétel
advance booking
ed-**vánsz**-bu-king
jegygyűrű
wedding ring
we-ding-ring
JEGYPÉNZTÁR *(színház)*
box-office
boksz-à-fisz
jegyzék
list
liszt
jelen *(főnév)*
present
pre-z"nt
jelenlét
presence
pre-zensz
jelenlétemben
in my presence
in **máj pre**-zensz
jelenleg
at present
et **pre**-zent
jelentés
report
ri-**port**
jelentkezés
registration
re-dzsiszt-**ré**-s"n
jelentőség
importance
im-**pór**-t"nsz
Nincs **jelentősége**!
It has no importance!
it hez **nó** im-**pór**-t"nsz
jelleg
charakter
ke-rek-t"r

jó
good
gud

Jó mulatást!
Have a nice time!
hev-e nájsz tájm

Jó napot!
(kb. délig) Good morning!
(délután) Good afternoon!
gud **mór**-ning, **áf**-tör-nún

Jó reggelt/estét/éjszakát!
Good morning/evening/night!
gud **mór**-ning/**ív**-ning/nájt

Jó utazást!
Have a nice trip!
hev-e nájsz trip

jobb
better
be-t"r

Jobban van!
He/She feels better.
hí/sí **fílz** be-t"r

jobbra
to the right
tu-d'"-**rájt**

jog
law
ló

jogosítvány *(gépkocsi)*
driving licence
dráj-ving-**láj**-szensz

jól
well
wel

Minden **jól** megy.
Everything goes well.
ev ri-t'ing góz **wel**

Jól érzem magam *(jól vagyok)*
I feel fine.
áj-fíl-**fájn**

jönni
to come
tu-kȧm

Honnan **jön/jössz**?
Where are you coming from?
weer-ár-jú **kȧ**-ming-fram

jövedelem
income
in-kȧm

jövő
future
fjú-csör

jövőre
next year
nekszt-jír

jutni valahová
to get to
tu get tu
Hogy **jutok** a .... streetre?
How can I get to .... street?
hau-ken-áj **get**-tu .... sztrít

K

kabát
coat
kót
kacsa
duck
dȧk
kakaó
cocoa
kó-kó
kalap
hat
het
kamarazene/zenekar
chamber music/orchestra
csém-bör **mjú**-zik/**or**-keszt-rȧ
Kanada
Canada
Ke-ne-d"
kanadai
Canadian
ke-**né**-di-en
kanál
spoon
szpún

kanyarodni
to turn
tu törn

kapni
to receive, to get
tu ri-**szív**, tu get

Kaphatok egy .... ?
Can I get a .... ?
ken-áj **get**-e

kapcsolat
connection
ko-**nek**-s”n

káposzta
cabbage
ke-bidzs

kapu
gate
gét

kar
arm
árm

kár
damage
de-midzs

De **kár**!
What a pity!
wȧt-e **pi**-ti

Karácsony
Christmas /Xmas/
kriszt-m”sz

karalábé
kohl-ra-bi
kól-rȧ-bi

karambol
collision
ko-**lí**-zs”n

karfiol
cauliflower
kó-li **flau**-”r

karikagyűrű
wedding ring
we-ding ring

karkötő
bracelet
brész-let

karmester
conductor
kon-**dȧk**-t”r

karóra
wrist-watch
riszt-wȧcs

karrier
career
ke-rír

kártya
card
kárd

katalógus
catalog(ue)
ke-te-lȧg

katona
soldier
szól-dzsör
katonai
military
mi-li-te-ri
kávé
coffee
kå-fi
kazetta *(magnóhoz)*
casette
ke-szet
kazettás magnó
cassette recorder
ke-szet ri-**kór**-dör
kecske
goat
gót
kedvenc
favo(u)rite
fé-vö-rit
kedves .... úr!
Dear Mr. .... !
dír
kedvező
favourable
fé-vö-re-b"l
kefe
brush
bràs
kék
blue
blú
keksz
biscuit
bisz-kit
kelet/i/
East/ern/
ísz-törn
kelkáposzta
kale
kél
kell
must
måszt
Most mennem **kell**.
I must go now.
áj-**måszt gó**-nau
Kell nekem egy ....
I need a ....
áj-**níd** e
kellene [vennem]
[I] ought to [buy]
áj-**ót**-tu-báj
kemény
hard
hárd
kemping
camping
kem-ping

kempingezni
to camp
tu kemp
kendő
kerchief
kör-csíf
kenguru
kangaroo
k"n-ge-**rú**
kényelmes
comfortable
kàm-for-te-b"l
kényelmetlen helyzet
uneasy situation
àn-í-zi szi-tju-**é**-s"n
kenyér
bread
bred
Kénytelen vagyok ....
I am compelled ....
áj em k"m-**peld**
kép
picture
pik-csör
képernyő
tv-screen
tí-ví-szkrín
képes *(valamire)*
able
é-b"l
képes levelezőlap
picture postcard
pik-csör **pószt**-kárd
képesújság
magazine
me-ge-zín
képtár
art gallery
árt go lö-ri
Képzelje el!
Just imagine!
dzsàszt i-**me**-dzsin
képzés
training
tré-ning
KERAVILL
(shops for electrical and electronic appliances)
kérdés
question
kves-csön
kérdezni
to ask
tu ászk
Szeretnék **kérdezni** valamit.
I'd like to ask something.
ájd **lájk** tu **ászk** szàm-t'ing
kerek
round
raund

kerék
wheel
wíl

kerékpár
bicycle
báj-szi-k"l

Kérem ....
Please
plíz

kérés
request
ri-**kveszt**

kereset *(bér)*
wages
wé-dzsiz

kereskedelem
trade
tréd

kereskedelmi
commercial
ko-**mör**-s"l

kereslet
demand
di-**mánd**

keresni (valamit)
to look for ....
tu luk for

Mennyit **keres** [havonta]?
How much do you make [a month]?
hau-mács du-jú **mék**-e **mánt'**

kereszt
cross
krász

keresztény
Christian
krisz-cs"n

kereszteződés
intersection
in-tör-**szek**-s"n

keresztnév
Christian name
krisz-cs"n-ném

keresztül
through
t'rú

kérni
to ask
tu ászk

Kérhetek valamit?
May I ask something?
mé-áj **ászk**-szám-t'ing

kert
garden
gár-d"n

KERTMOZI
open air cinema/movies
ó-pen-er-**szi**-ne-má/**mú**-viz

kerület
district
diszt-rikt

kerülni valamibe
to cost
tu kaszt
Mibe **kerül** ez a ....
What does this .... cost?
wát-dáz-d'isz .... **kaszt**?
kés
knife
nájf
késedelem
delay
di-**léj**
keserű
bitter
bi-t"r
keskeny
narrow
ne-ró
késő /van/
/it is/ late
it-iz **lét**
később
later
lé-t"r
kész
ready
re-di
készpénz/zel/
/in/ cash
in **kes**
kesztyű
glove(s)
glávz
kétágyas szoba
double room
dá-b"l rúm
kétharmad
two thirds
tú t'ördsz
kétség
doubt
daut
Nincs **kétségem**
I have no doubt
áj-hev **nó** daut
kétszer
twice
twájsz
kettő
two
tú
kevés
little
li-t"l
Kevés a pénzem
My money is not enough
máj-**má**-ni iz **nát**-i-náf
kevesebb
less
lesz

kéz
hand
hend
kezdeni
to begin
tu bi-**gin**
kezdet
beginning
bi-**gi**-ning
kezdőbetű/k/
initial/s/
i-**ni**-s”lz
kezdődni
to start
tu sztárt
kezelés *(orvosi)*
treatment
trít-ment
kézifék
handbreak
hend-brék
kézipoggyász
hand-luggage
hend-lȧ-gidzs
ki(csoda)?
who?
hú
kiabálni
to shout
tu saut
kiadás *(könyvé)*
edition
e-**di**-s”n
kiadvány
publication
pȧb-li-**ké**-s”n
KIADÓ SZOBA
room for rent
rúm for rent
kiállítás
exhibition
eksz-hi-**bi**-s”n
kiárusítás
clearance sale
klí-rensz szél
kicserélni
to exchange
tu iksz-**cséndzs**
kicsi
small, little
szmól, **li**-t”l
egy **kicsit**/keveset
a little
e **li**-t”l
egy **kicsit** drága/nagy
it’s rather expensive/big
itsz **rȧ**-d’ör iksz-**pen**-sziv/big
kicsomagolni
to unpack
tu **ȧn**-pek

Kiderült, hogy ....
It turned out that ....
it **törnd** aut d'et

Kié *ez a [bőrönd]?*
Whose [suitcase] it this?
húz szút-kész iz **d'isz**

kiegészítő jegy
supplementary ticket
száp-le-**men**-t"-ri **ti**-kit

kiejtés
pronunciation
pro-nán-szi-**é**-s"n

kifejezés
expression
iksz-**pre**-s"n

kifogás
excuse
iksz-**kjúz**

kígyó
snake, serpent
sznék, **ször**-pent

kihagyni
to leave out
tu lív aut

kihez?
to whom?
tu **húm**

KIJÁRAT
exit
eg-zit

kijönni
to come out
tu **kám** aut

kik?
who?
hú

kikapcsolódás
relaxation
ri-lek-**szé**-s"n

kiket?
whom?
húm

kikötő
port
port

kiküldeni
to send out
tu szend aut

kilátás
view
vjú

kilátótorony
look-out (tower)
luk-aut **tau**-"r

kilenc
nine
nájn

kilencven
ninety
nájn-ti

kimenni
to go out
tu gó-aut

kínálat
supply
szȧ-**pláj**

kinek, kiknek
to whom?
tu **húm**

kinek a [bőröndje ez]?
whose [suitcase is this]?
húz szút-kéz-iz **d'isz**

kint
outside
aut-szájd

kinyitni
to open
tu **ó**-pen

kipróbálni
to try out
tu **tráj** aut

Kiraboltak!
I've been robbed!
ájv-bín **rȧbd**

kirakat
shop-window
sȧp-win-dó

király
king
king

királyné/királynő
queen
kvín

kirándulás
excursion
iksz-**kör**-zs"n

kirándulni
to make an excursion
tu **mék**-en-iksz-**kör**-zs"n

kisasszony
miss
missz

kisbaba
baby
bé-bi

kisebb
smaller
szmó-l"r

kísérlet
experiment
iksz-**pe**-ri-ment

kislány
little girl
li-t"l görl

kissé
somewhat
szȧm-wȧt

kiszállni
to get out
to **get**-aut

kit?
whom?
húm
kitölteni
to fill in
tu **fil**-in
Töltse ki *ezt az űrlapot!*
Fill in this form, please!
fil-in **d'isz**-form, **plíz**
kitűnő
excellent
ek-sze-lent
kiválasztani
to pick out
tu **pik**-aut
kíváncsi
curious
kjú-ri-"sz
kívánni
to wish
tu wis
kívánság
wish
wis
kivel?
with whom?
wid' **húm**
kivétel
exception
ik-**szep**-s"n
kivéve
except
ik-**szept**
kocsi *(autó)*
car
kár
kocsival
by car
báj **kár**
kolbász
sausage
szo-szidzs
koldus
beggar
be-g"r
kolléga(nő)
colleague
kà-líg
kolostor
cloister
klójsz-t"r
komoly
serious
szí-ri-"sz
komp/hajó/
ferry /boat/
fe-ri-bót
konferencia
conference
kàn-fe-rensz

kongresszus
congress
kán-gressz
konkurencia
competition
kám-pe-**ti**-s"n
kontinens
continent
kán-ti-nent
konzerv
canned/tinned food
kennd/tinnd fúd
konzervnyitó
can-opener/tin-opener
ken/tin-ó-pe-ner
konzulátus
consulate
kan-szju-let
konyak
brandy
bren-di
konyha
kitchen
ki-cs"n
kopasz
bald
bóld
kopogni
to knock
tu nák
koponya
skull
szkál
korábbi
former
for-m"r
korai/korán
early
ör-li
korán reggel
early in the morning
ör-li in-d"' **mór**-ning
korcsolyázás
skating
szké-ting
KÓRHÁZ
hospital
hász-pi-t"l
kormány
government
gá-v"r-ment
kormánykerék
steering-wheel
sztí-ring-wíl
kórterem
ward
wórd
korty
gulp
gálp

kórus
choir
kvá-j”r

kosár
basket
bász-kit

kotta
sheet music
sít mjú-zik

KOZMETIKA
beauty parlo(u)r
bjú-ti **pár**-l”r

kő
stone
sztón

köd/ös/
fog/gy/
fá-gi

köhögés
cough
káf

kölcsön
loan
lón

kölnivíz
eau-de-Cologne
ó-d”-ko-lony

költeni *(pénzt)*
to spend
tu szpend

költő
poet
pó-et

költség(ek)
expense(s)
iksz-**pen**-sziz

könnyen
easily
í-zi-li

könnyű
1. *(szellemileg)* easy
2. *(súlyra)* light
í-zi, lájt

könyv
book
buk

KÖNYVESBOLT
bookshop/bookstore
buk-sàp/**buk**-sztór

könyvtár
library
lájb-r”-ri

kör
circle
ször-k”l

köret
garnishing
gár-ni-sing

környék
surroundings
szö-raun-dingsz

köröm
(finger-)nail
fin-g"r-nél
körömlakk
nail-polish
nél-**pá**-lis
körte
pear
peer
körút
boulevard
bul-vár
... körül
round ....
raund
körülbelül (kb.)
approximately (approx.)
e-**prák**-szi-met-li
köszönni
to greet
tu grít
Köszönöm /szépen/
Thank you /very much/
t'enk-jú ve-ri-mács
kötelesség
duty
djú-ti
kötelezettség
obligation
ab-li-**gé**-s"n
kötelező
compulsory
kom-**pál**-szö-ri
kötet
volume
val-júm
kötöttáru
knitwear
nit-weer
kötszer
bandage
ben-didzs
kövér
fat
fet
követelni
to demand
tu di-**mánd**
következő
next
nekszt
Ki a **következő**?
Who is next?
hú iz **nekszt**
... következtében
due to **...**
djú-tu
követni
to follow
tu **fá**-ló

követség
embassy
em-bå-szi
közé
in between
in-bi-**twín**
közel
near
nír
közelben/kozeli
nearby
nír-báj
közeledni
to approach
tu e-**prócs**
közép
middle
mi-d"l
középen
in the middle
in-d'"-**mi**-d"l
Közép-Európa
Central Europe
szent-r"l **ju**-rop
középiskola
secondary school
sze-k"n-de-ri-**szkúl**
középső
central
szent-r"l
közfürdő
public bath
påb-lik-**bát'**
KÖZÉRT
(food-store chain)
közigazgatás
administration
ed-mi-ni-**sztré**-s"n
közismert
well-known
wel-nón
közlekedés
traffic
tre-fik
közlekedési lámpa
traffic light
tre-fik-lájt
közlekedési szabályok
traffic rules
tre-fik-rúlz
közölni
to tell
tu tel
közönség *(hallgatóság)*
audience
ó-di-ensz
közös
common
kå-m"n

között
1. *(kettő)* between
2. *(több)* among
bi-**twín**, e-**màng**
központ
center
szen-t"r
köztársaság
republic
ri-**pàb**-lik
közvetlen/ül/
direct/ly/
di-**rekt**-li
közvetlen kocsi
through carriage
t'rú-ker-ridzs
közvetve
indirectly
in-di-**rekt**-li
krém
cream
krím
krumpli
potato
po-**té**-tó
krumplipüré
mashed potato
mesd-po-té-tó
kukorica
maize, *(US)* corn
méz, korn
kulcs
key
kí
kultúra
culture
kàl-csör
kutatás
research
ri-**zörcs**
kutya
dog
dàg
küldeni
to send
tu szend
külföldi
foreigner
fà-ri-n"r
külföldön, külföldre
abroad
e-**bród**
külön [szoba]
separate [room]
szep-ret rúm
különböző
different
dif-rent
különbség
difference
dif-rensz

KÜLÖNJÁRAT
chartered
csár-t"rd
különleges
special
szpe-s"l
különös
strange
sztréndzs
különösen
especially
e-**szpe**-s"-li
külső
outer
au-tör
külváros
suburb
szà-börb
kürt *(autó, hangszer)*
horn
horn
küzdelem
struggle
sztrà-g"l

L

lábfej
foot
fut
labda
ball
ból
láda
case
kész
lánykori név
maiden name
mé-d"n-**ném**
laboratórium
lab(oratory)
leb, **leb**-re-to-ri
lábszár
leg
leg
lábujj
toe
tó
lágy
soft
száft

lakás
(GB) flat, *(US)* apartment
flet, å-**párt**-ment
lakás-telefonszám
home number
hóm-nåm-b"r
lakat
padlock
ped-låk
lakni
to live
tu liv
lakókocsi
caravan, trailer
ke-re-**ván**, **tré**-l"r
lakónegyed
residential district
re-zi-**den**-s"l **disz**-trikt
lakosság
population
på-pju-lé-s"n
lakótelep
housing estate
hau-zing esz-**tét**
lámpa
lamp
lemp
lánc
chain
csén
landolni
to land
tu lend
láng
flame
flém
langyos
lukewarm
lúk-worm
lány
girl
görl
lap
page
pédzs
lapos
flat
flet
lassabban
slowlier
szló-li-er
lassan
slowly
szló-li
lassítani
to reduce speed
tu ri-**djúsz** szpíd
lassú
slow
szló

látni
to see
tu szí
Nem **látom**.
I cannot see
áj **ke**-nȧt-**szí**
látogatás
visit
vi-zit
látogató
visitor
vi-zi-t"r
látszat
appearance
e-**pí**-rensz
látszik
it seems
it szímz
Ön betegnek **látszik**
you look ill
jú-**luk** il
láz
fever
fí-v"r
lázam van
I've got temperature
ájv-gȧt **tem**-pre-csör
lazac
salmon
szó-mon

leejteni
to drop
tu drȧp
leesni
to fall down
tu fól daun
lefeküdni
to lie down
tu láj **daun**
lefelé
down
daun
lefordítani
to translate
tu trensz-**lét**
legalább
at least
et-**líszt**
legfeljebb
at most
et-**mószt**
legfrissebb hírek
the latest news
d'" **lé**-teszt-**njúz**
leginkább
mostly
mószt-li
LÉGIPOSTA
AIR MAIL
eer-mél

legjobb
best
beszt
legkésőbb /....-kor/
/.... the/ latest
d'" **lé**-teszt
legkisebb
smallest
szmó-leszt
legközelebbi
nearest
ní-reszt
legnagyobb
biggest
bi-geszt
legrosszabb
worst
wörszt
Legyen olyan szíves ....
Will you be so kind
wil-jú-bí **szó** kájnd
lehetetlen
impossible
im-**pȧ**-szi-b"l
lehetőség
possibility
pȧ-szi-bi-li-ti
lehetséges
possible
pȧ-szi-b"l
leírás
description
de-**szkrip**-s"n
leírni
to write down
tu **rájt** daun
***Írja le** a nevét!*
Write down your name!
rájt-daun jor-**ném**
lejárat /dátuma/
expiration /date/
eksz-páj-**ré**-s"n dét
Lekéstem a vonatot/repülőt
I missed my train/flight
áj-**miszd** máj-**trén/flájt**
lélegzet
breath
bret'
lélek
soul
szól
lelkes
enthusiastic
en-**t'ú**-szi-ȧsz-tik
lelkipásztor
pastor, minister
pász-tor, mi-**nisz**-t"r
lemérni *(súlyt)*
to weigh
tu wé

lemezjátszó
record-player
re-k"rd-**plé**-j"r

Lengyelország
Poland
pó-lend

lenn
below
bi-**ló**

lenni
to be
tu bí

lényeges
essential
e-**szen**-s"l

lenyelni
to swallow
tu **szwȧ**-ló

lépcső
stair(s)
szterz

lépcsőház
staircase
szter-kéz

lepedő
(bed-)sheet
bed-sít

lépés
step
sztep

lesz
it will be
it wil **bí**

Lesz, ami lesz
What will be, will be
wȧt wil **bí**, wil **bí**

Holnap [vasárnap] **lesz**
It will be [Sunday] tomorrow
it will **bí szȧn**-dé tu-**mȧ**-ró

Nyitva lesz holnap?
Will you be open tomorrow?
wil jú bí **ó**-pen tu-**mȧ**-ró

leszállás *(repülő)*
landing
len-ding

leszek
I'll be
ájl **bí**

letenni
to put down
tu put **dau͜n**

leülni
to sit down
tu **szit** dau͜n

Üljön le, kérem!
Sit down, please!
szit dau͜n, plíz

levágni
to cut off
tu **kȧt** ȧff

levegő
air
eer
levél
letter
le-t"r
levelezés
correspondence
ka-risz-**pan**-densz
levelezőlap
post card
pószt kárd
LEVÉLFELVÉTEL
letters
le-t"rz
levéltávirat
letter telegram(me)
le-t"r **te**-le-grám
levenni *(ruhát)*
to take off
tu ték áff
leves
soup
szup
levetkőzni
to undress
tu **án**-dresz
lexikon
encyclop(a)edia
en-szájk-lo-**pí**-di-á
liba
goose
gúz
libegő
chair lift
cseer lift
lift
(GB) lift, *(US)* elevator
lift, i-le-**vé**-t"r
likőr
liqueur
li-**kőr**
liliom
lily
li-li
limonádé
lemonade
le-mo-néd
lista
list
liszt
liszt
flour
flaur
ló
horse
horsz
lopni
to steal
tu sztíl

lovagolni
to ride
tu rájd
lovastúra
mounted tour
maun-tid túr
lóverseny
horse race
horsz rész
lökhajtásos repülő
jet
dzset
lőni
to shoot
tu sút
lusta
lazy
lé-zi
luxus
luxory
lák-sö-ri
lyuk
hole
hól

M

M *see* METRÓ
ma
today
tu-**déj**
ma este
this evening
d'isz ív-ning
ma éjjel
tonight
tu-**nájt**
macska
cat
ket
madár
bird
bőrd
mag
seed
szíd
magán [ügy]
private [affair]
práj-vet e-**feer**
magánszállás
private accomodation
práj-vet e-ko-mo-**dé**-s"n

magas
1. *(ember)* tall
2. *(épület)* high
tól, háj
magasság
height
hájt
magnetofon, magnó
tape recorder
tép ri-kor-d"r
magnószalag
recording tape
ri-**kór**-ding tép
magyar
Hungarian
hȧn-**ge**-ri-en
Magyarország
Hungary
hȧn-gö-ri
magyarul
in Hungarian
in hȧn-**gee**-ri-en
máj
liver
li-v"r
majdnem
almost
ól-mószt
majom
monkey
mȧn-ki
mák
poppy seed
pȧ-pi-szíd
málna
raspberry
réz-be-ri
malom
mill
mil
mandarin
tangerine
ten-dzsö-rín
mandula
almond
ó-mond
manikűr
manicure
me-ni-kjúr
már
already
ól-re-di
maradék
rest
reszt
maradni
to stay
tu sztéj
margarin
margarine
már-dzs"-rín

marhahús
beef
bíf
márka
brand
brend
márvány
marble
már-b"l
másvalaki
somebody else
szȧm-bȧ-di **elsz**
másvalami
something else
szȧm-t'ing **elsz**
Más egyebet?
Anything else?
e-ni-t'ing **elsz**
mások
the others
d'i **ȧ**-d'örz
másfél
one and a half
wȧn-end-e-**háf**
(*US:* **heef**)
máshol
elsewhere
elsz-weer
a **másik** oldal/fél
the other side
d'i **ȧ**-d'ör szájd
máskor
another time
e-**nȧ**-d'ör-tájm
második
second
sze-k"nd
másodperc
second
sze-k"nd
másodszor
for the second time
for d'" **sze**-k"nd tájm
másolat
copy
kȧ-pi
masszázs
massage
me-százs
mazsola
raisin
ré-zin
meddig?
1. *(térben)* how far?
2. *(időben)* how long?
hau **fár**, hau **lang**
medve
bear
beer
még
still
sztil

még egy
one more
wȧn mór

még egyszer
once more
wȧnsz mór

megállapítani
to establish
tu esz-**teeb**-lis

megállapodás
agreement
eg-**rí**-ment

megállapodni
to agree
tu e-**grí**

megállni
to stop
tu sztȧp

megállóhely
stop
sztȧp

megbeszélés
discussion
disz-**kȧ**-s"n

... megbízásából
on behalf of **...**
ȧn-bi-**háf**-ȧv

megbízható
reliable
ri-**lá**-je-b"l

megbüntetni
to punish
tu **pȧ**-nis

megegyezés
agreement
eg-**rí**-ment

megélhetési költségek
costs of living
kósztsz-ȧv-**li**-ving

megengedni
to allow
tu e-**ló**

Megengedné nekem ....
Would you please allow me
wud-ju plíz e-**ló**-mí

megérkezni
to arrive
tu e-**rájv**

megérteni
to understand
tu ȧn-dör-**sztend**

meggy
sour cherry
szaur cse-ri

meghívás
invitation
in-vi-**té**-s"n

meghívni
to invite
tu in-**vájt**

meghosszabbítani
to prolong
tu pro-**láng**
megígérni
to promise
tu **prá**-misz
mégis
yet
jet
megismételni
to repeat
ri-**pít**
megjegyzés
remark
ri-**márk**
megkérdezni
to ask
tu ászk
megkóstolni
to taste
tu tészt
megköszönni
to thank for
tu **t'enk** for
Szeretném **megköszönni** a vendégszeretetét.
I'd like to thank for your hospitality.
ájd **lájk** tu **t'enk** for jor **hász**-pi-te-li-ti

meglátogatni
to visit
tu **vi**-zit
meglepetés
surprise
ször-**prájz**
meglepő
surprising
ször-**práj**-zing
megmagyarázni
to explain
tu iksz-**plén**
megmenteni
to save
tu szév
megmérni *(hosszúságot)*
to measure
tu **me**-zsör
megmondani
to tell
tu tel
megmosakodni
to wash
tu wás
megmutatni
to show
tu só
megnyerni
to win
tu win

megpróbálni
to try
tu tráj
megrendelni
to order
tu **ór**-d"r
megszámolni
to count
tu kaunt
megtalálni
fo find
tu fájnd
megtisztítani
to cleanse
tu klenz
megtudakolni
to find out
tu **fájnd**-aut
megváltozni
to change
tu cséndzs
megvásárolni, megvenni
tu buy
tu báj
meggy
morello
m"-**re**-ló
méh
bee
bí
mekkora?
how big?
hau-**big**
meleg
warm
wórm
meleg van
it's warm
itsz **wórm**
melegem van
I am warm
áj-em **wórm**
mell
breast
breszt
... mellé
beside **...**
bi-**szájd**
... mellett
next to **...**
nekszt tu
mellkas
chest
cseszt
melltartó
bra
brá
mély
deep
díp

melyik
which one
wics wån
Melyik út vezet .... felé?
Which way is to ....?
wics-wéj-iz tu
MÉLYVÍZ,
CSAK ÚSZÓKNAK!
Deep water,
for swimmers only
díp wó-tör
for **szwim**-m"rz **ón**-li
menetrend
timetable
tájm-té-b"l
menni
to go
tu gó
Hova **megy**?
Where are you going?
weer-ár-jú **gó**-ing
MENTŐK
ambulance
em-bju-lensz
menyasszony
fiancée
fi-ån-szé
mennydörgés
thunder
t'ån-d"r
Mennyibe kerül?
How much is it?
hau-**måcs iz**-it
mennyiség
quantity
kwån-ti-ti
méreg
poison
poj-zon
meret *(ruha)*
size
szájz
mérkőzés
match
meccs
mérnök
engineer
en-dzsi-nír
mert
because
bi-**kóz**
mester
master
mász-t"r
mesterséges
artificial
år-**ti**-fi-s"l
messze
far away
fár-e-wéj

metélt
noodle(s)
nú-d"lz
METRÓ
underground, *(US)* subway
àn-dör-graund, **szàb**-wéj
méz
honey
hà-ni
mezőgazdaság
agriculture
eg-ri-kàl-csör
meztelen
naked
né-ked
mi
we
wí
mi(csoda)?
what?
wàt
mialatt
while
wájl
...miatt
because of **...**
bi-**kóz**-àv
mielőtt
before
bi-**fór**
mienk
ours
aurz
miért?
why?
wáj
miért ne?
why not?
wáj-**nat**
mihelyt
as soon as
ez szún ez
mikor?
when
wen
Mikor megy vissza ....-ba?
When do you return to ....?
wen du jú ri-**törn** tu
mikrohullámú sütő
microwave oven
májk-ró-wév **à**-v"n
millió
million
mi-li-ön
milyen?
what is .... like?
wàt iz .... lájk
mindegyik
each
ícs

mindenesetre
in any case
in-**e**-ni-kész
MINDEN JEGY ELKELT
sold out
szóld aut
mindenki
everybody
ev-ri-bȧ-di
mindennap
every day
ev-ri déj
mindenütt
everywhere
ev-ri-weer
mindig
always
ól-wéjz
miniszter
minister
mi-nisz-t"r
miniszterelnök
Prime Minister
prájm mi-nisz-t"r
minisztérium
ministry
mi-niszt-ri
minket
us
ȧsz
mint
as
ez
minta
sample
szám-p"l
mintha
as if
ez if
mínusz
minus
máj-n"sz
mióta?
since when?
szinsz **wen**
mise
mass
meesz
mivel *(minthogy)*
since
szinsz
modern
up-to-date
ȧp-tu-dét
mogyoró
hazelnut
hé-z"l-nȧt
mondani
to say
tu széj

mos(akod)ni
to wash
tu wȧs
mosdókagyló
wash-basin
wȧs-bé-szin
mosoda
laundry
lónd-ri
mosolyogni
to smile
tu szmájl
most
now
nau
Moszkva
Moscow
mosz-kau
motor
engine
en-dzsin
motorbicikli
motorcycle
mo-to(r)-**száj**-k"l
mozgás
movement
múv-ment
mozgássérült
handicapped
hen-di-kepd
mozgólépcső
escalator
esz-kȧ-lé-t"r
MOZI
cinema (*US:* movies)
szi-ne-ma, **mú**-viz
... mögé/mögött
behind **...**
bi-**hájnd**
múlt
past
pászt
munka
job
dzsȧb
munkaidő
working hours
wör-king aurz
munkanélküli
unemployed
ȧn-em-plojd
munkás
worker
wör-k"r
mustár
mustard
mȧsz-tȧrd
mutatni
to show
tu só

múzeum
museum
mju-**zí**-"m
műanyag
plastic
plesz-tik
működni
to operate
tu **a**-pe-rét
műsor
program(me)
pró-grem
műszer
instrument
in-sztru-ment
műtét
operation
a-pe-**ré**-s"n
műveletlen
uneducated
ån-e-dju-ké-tid
művelt
educated
e-dju-ké-tid
művész
artist
ár-tiszt
művészet
(fine) art
fájn árt

N

nadrág
(pair of) trouser(s)
peer-åv-**trau**-zörsz
nagy
big
big
nagybácsi
uncle
ån-k"l
nagybetű
capital (letter)
ke-pi-t"l **le**-t"r
NAGYFESZÜLTSÉG
high voltage
háj **vól**-tidzs
nagynéni
aunt
ánt
nagyobb
bigger
bi-g"r
nagyon
very
ve-ri

nagypéntek
Good Friday
gud fráj-di
nagyszülők
grandparents
grend-**pee**-rentsz
-nál, -nél
with
wid'
Nincs **nálam** pénz.
I've got no money on me.
ájv-gȧt **nó mȧ**-ni ȧn-**mí**
nap
1. *(égitest)* sun
2. *(24 óra)* day
szȧn, déj
napi(lap)
daily
dé-li
napos
sunny
szȧ-ni
napozni
to sunbathe
tu **szȧn**-béd'
napszemüveg
sun-glass(es)
szȧn-glá-sziz
napszúrás
sunstroke
szȧn-sztrók
naptár
calender
ke-len-dör
narancs
orange
o-rȧndzs
nászutas/ok/
honeymooners
hȧ-ni-mú-ner/z/
náthás vagyok
I've got a cold
ájv-gȧt-e-**kóld**
nedves
wet
wet
néger
black
blek
négy
four
fór
negyed
quarter
kvó-t"r
negyven
forty
for-ti
néha
sometimes
szȧm-**tájmz**

néhány
a few
e fjú
nehéz
1. *(súly)* heavy
2. *(átv.)* difficult
he-vi, **di**-fi-k"lt
nekem van [két fiam]
I've got [two sons]
ájv-gát tú-**szánz**
neki van
he (férfi)/she (nő) has got
hí/sí **hez** gát
nekünk van
we have got
wí **hev** gát
nélkül
without
wi-**d'aut**
nem
1. *(tagadás)* no
2. *(férfi-nő)* sex
nó, szeksz
NEM BEJÁRAT
No entrance
nó **en**-trensz
NEM DOHÁNYZÓ
Non-smoker
nán-szmó-k"r
német
German
dzsör-men
Németország
Germany
dzsör-me-ni
NEM MŰKÖDIK
Out of order
aut-áv **or**-der
nemzet
nation
né-s"n
nemzeti
national
ne-sö-n"l
nemzetközi
international
in-t"r-**ne**-sö-n"l
nép
people
pí-p"l
népművészet
folk art
fók árt
népszerű
popular
pá-pju-l"r
népviselet
folk costume
fók kász-tyúm

név
name
ném

Neve?
Your name.
jor-**ném**

nevetni
to laugh
tu láf

névjegy
(visiting) card
vi-zi-ting kárd

nézni
to look at
tu **luk** et

Nincs időm/pénzem.
I have no time/money.
áj hev **nó tájm/må**-ni

Nincs itt!
He/she is not here!
hí/sí iz **nat hír**

normális
normal
nór-m"l

Norvégia
Norway
nor-wéj

nő
woman
wu-men

NŐK
Ladies
lé-diz

nőni
to grow
tu gró

nős
married
me-rid

nőtlen
single
szin-g"l

növény
plant
plánt

nővér
sister
szisz-t"r

nyak/lánc/
neck/lace/
neck-lesz

nyakkendő
tie
táj

nyár
summer
szå-m"r

nyelv
1. *(szerv)* tongue
2. *(beszélt)* language
tong, **leng**-widzs

nyers
raw
ró

nyilvános WC
public conveniences
páb-lik k”n-**ví**-ni-en-sziz

nyitva
open
ó-pen

nyolc
eight
ét

nyolcvan
eighty
é-ti

nyugat/i/
West/ern/
wesz-tern

nyugdíj
pension
pen-s”n

Nyugdíjas vagyok.
I am retired.
áj em ri-**tá**-jörd

nyugtató
sedative
sze-dá-tiv

nyúl
rabbit
re-bit

O

óceán
ocean
ó ɜ”n

oda
there
d’eer

óhaj
desire
di-**zá**-j”r

ok
reason
rí-z”n

okmány
document
dá-kju-ment

okos
clever
kle-vör

oktatás
education
e-dju-**ké**-s”n

olaj
oil
ojl

olasz
Italian
i-**tel**-jen
Olaszország
Italy
i-t”-li
olcsó
cheap
csíp
olcsóbb
less expensive
lesz iksz-**pen**-sziv
oldal
side
szájd
Olimpia(i Játékok)
Olympic Games
å-**lim**-pik **gémz**
olimpiai bajnok
olympic champion
å-**lim**-pik **csem**-pj”n
olló
(pair of) scissor(s)
peer-åv-**szi**-z”rz
olvasni
to read
tu ríd
olyan /mint/
such /as/
szåcs ez
onnan
from there
fråm **d’eer**
opera
opera
åp-rå
operett
operetta
å-pe-**re**-tå
óra
1. *(idő)* hour
2. *(asztali)* clock
3. *(kar- stb.)* watch
aur, klåk, wåcs
óránként
every hour
ev-ri aur
órás
watchmaker
wåcs-mé-k”r
orgona
1. *(növény)* lilac
2. *(hangszer)* organ
láj-låk, **ór**-g”n
óriási
huge
hjúdzs
orosz
Russian
rå-s”n

oroszlán
lion
lá-j"n
orr
(ember) nose
nóz
ország
country
kànt-ri
országos
national
ne-sö-n"l
országút
highway
háj-wéj
orvos
doctor
dàk-t"r
Orvoshoz kellene mennem.
I ought to see a doctor
áj **ót**-tu-**szí** e-**dàk**-t"r
orvosság
medicine
med-szin
oszlop
column
kà-l"m
osztály
class
klász
osztottpályás úttest
(GB) dual carriageway
(US) divided highway
djú-"l **ke**-ridzs-wéj
di-**váj**-did **háj**-wéj
osztrák
Austrian
ósz-tri-en
osztriga
oyster
oj-szt"r
... óta
since ...
szinsz
ott
there
d'eer
otthon
1. *(főnév)* home
2. *(hat.)* at home
hóm, et-**hóm**
óvatos
cautious
kó-s"sz

Ö

ő
(férfi) he, *(nő)* she
hí, sí

ők
they
d'éj

őket
them
d'em

ökölvívás
boxing
bȧk-szing

ökörfarkleves
oxtail soup
ȧksz-tél szup

öltöny
suit
szút

öltöz(köd)ni
to dress
tu dressz

ÖLTÖZŐ
dressing-room
dre-szing-**rúm**

Ön
you
jú

önéletrajz
curriculum vitae, (CV)
kȧ-**ri**-kju-l"m **váj**-tí, szí-ví

öngyújtó
lighter
láj-t"r

önkiszolgálás
self-service
szelf-ször-visz

önműködő
automatic
ó-to-**me**-tik

Önök
your
jor

az Önök [szándéka]
your [intention]
jor in-**ten**-s"n

ördög
devil
de-vil

örök
eternal
í-**tör**-n"l

örökség
inheritance
in-**he**-ri-tensz

öröm
joy
dzsoj
Örülök [hogy látom]!
I am glad [to see you]!
áj-em-**gled** tu-**szí**-jú
Örvendek!
Pleased to meet you.
plízd tu **mít**-jú
ősz
(GB) autumn, *(US)* fall
ó-t”m, fól
ősz/-hajú/
grey/-haired/
gréj-heerd
őszibarack
peach
pícs
összeg
sum
szȧm
összekever
to mix
(átv.) mix up
tu miksz, miksz ȧp
összes
all (the)
ól d’”
ösztöndíj
scholarship
szkȧ-l”r-sip
öt
five
fájv
őt
(ffi) him, *(nő)* her
him, hör
ötlet
idea
áj-**di**-ȧ
ötnapos munkahét
five day week
fájv déj wík
ötödik
fifth
fift’
ötven
fifty
fif-ti
az ő [szobája]
his/her [room]
hiz/hör rúm
övék
theirs
d’eerz
őz
deer
dír
őzgerinc
saddle of venison
sze-d”l-ȧv-**ve**-ni-sz”n

P

pacsirta
lark
lárk
padló
floor
flór
palack
bottle
bá-t”l
palacsinta
pancake
pen-kék
pálinka
brandy
bren-di
palota
palace
pe-lesz
PÁLYAUDVAR
railway/railroad station
rél-wéj/**rél**-ród **szté**-s”n
pamut
cotton
ká-t”n
panasz
complaint
k”m-**plént**
pap
priest
príszt
papír
paper
pé-pör
papírszalvéta
paper napkin
pé-pör **nep**-kin
papírzsebkendő
paper tissue
pé-pör **ti**-sú
papucs
slipper(s)
szli-pörz
pár
pair
peer
paradicsom
tomato
to-**mé**-tó
párás
humid
hju-mid
paraszt
peasant
pe-z”nt

pardon
sorry
szà-ri
parfüm
perfume
pör-**fjúm**
park
park
párk
PARKOLNI TILOS!
No parking!
nó **pár**-king
PARKOLÓHELY
parking place/area
pár-king plész/**ee**-ri-à
parkolóóra
parking meter
pár-king **mí**-t”r
parlament
Parliament
pár-là-ment
párna
pillow
pi-ló
párt
party
pár-ti
PATIKA
chemist's
ke-misztsz
patkány
rat
ret
PATYOLAT
(laundry and cleaning)
pechem volt
I had bad luck
áj hed **bed** làk
pecsét
stamp
sztemp
pedál
pedal
pe-d”l
pedikűr
pedicure
pe-di-**kjúr**
PÉK
baker
bé-k”r
példa
example
ig-**zám**-p”l
például (pl.)
for instance (e. g.)
for **insz**-tensz
pelenka
diaper
dá-jà-p”r

pénz
money
má-ni
pénzesutalvány
money order
má-ni **ór**-der
PÉNZTÁR
cash-desk
kes-deszk
pénztárca
purse
pörsz
pénzügyi
financial
fáj-**nen**-s"l
PÉNZVÁLTÁS
exchange office
iksz-**cséndzs á**-fisz
perc
minute
mi-nit
[10] **perccel múlt** [6]
[ten] minutes past [six]
ten **mi**-nitsz pászt sziksz
[10] **perc múlva** [6]
[ten] minutes to [six]
ten **mi**-nitsz tu sziksz
peremváros
suburb
szá-börb
peron
platform
plet-form
petrezselyem
parsley
pársz-li
pezsgő
champagne
sem-**pén**
pihenni
to rest
tu reszt
pihenés
rest
reszt
pihenésre van szükségem
I need a (good) rest
áj níd-e gud reszt
pillanat
moment
mó-ment
Egy pillanat!
Just a moment!
dzsászt-e **mó**-ment
pillanatnyilag
for the moment
for-d"' **mó**-ment
pilóta
pilot
páj-lot

pince
cellar
sze-l"r
pincér
waiter
wé-t"r
pingpong
table tennis
té-b"l **te**-nisz
pipa
pipe
pájp
pirítós
toast
tószt
piros
red
red
pirula
pill
pill
piszkos
dirty
dör-ti
pisztráng
trout
traut
pizsama
pajama(s), pyjama(s)
p"-**dzsá**-mȧz

poggyász
baggage, luggage
be-gidzs, **lȧ**-gidzs
pohár
glass
glász
pók
spider
szpáj-dör
pokol
hell
hel
pokróc
blanket
blen-k"t
polc
shelf
self
politika
politics
pa-li-tiksz
politikai párt
political party
po-**li**-ti-k"l **pár**-ti
poloska
bed bug
bed bȧg
pompás
splendid
szplen-did

pongyola
dressing gown
dre-szing gaun
pont
point
pojnt
pontos
1. *(időben)* punctual
2. *(összeg)* exact
pánk-tju-"l, ig-**zekt**
pontosan *(időben)*
on time
ȧn **tájm**
ponty
carp
kárp
por/os/
dust/y/
dászt-i
porcelán
china
csáj-nȧ
porszívó
vacuum cleaner
vek-jum **klí**-ner
portó
postage
pósz-tidzs
Portugália
Portugal
por-tju-g"l
POSTA
post office
pószt-ȧ-fisz
postafiók (Pf.)
Post Office Box (POB)
pószt-ȧ-fisz-baksz
postai irányítószám
(GB) postcode,
(US) ZIP Code
pószt-kód, **zip**-kód
postaláda
letter box, mail box
le-t"r-baksz, **mél**-baksz
postás
postman
pószt-men
pótágy
extra bed
eksz-trȧ bed
pótmama
baby sitter
bé-bi **szi**-t"r
pörkölt
stew
sztjú
Prága
Prague
prág
praktikus
practical
prek-ti-k"l

prém
fur
för
probléma
problem
prá-blem
propaganda
1. *(pol.)* propaganda
2. *(ker.)* publicity
prá-p”-**gen**-d”, páb-**li**-szi-ti
púder
(face-)powder
fész-**pau**-d”r
puha
soft
szaft
pulóver
pullover
pul-**ó**-v”r
pulyka
turkey
tör-ki
Pünkösdvasárnap
Whitsunday
wit-szán-dé

R

…-ra, -re
on …
án
rabbi
rabbi
re-**báj**
rádióállomás
radio station
ré-di-ó-**szté**-s”n
rádiókészülék
radio set
ré-di-ó-szet
rágógumi
chewing gum
csú-ing gám
rák
shrimp, crayfish, lobster
srimp, **kréj**-fis, **lábsz**-t”r
rakni
to put
tu put
raktár
ware-house
weer-hauz

rántotta
scrambled eggs
szkrem-b"ld egz

recepció
reception desk
ri-**szep**-s"n desk

recept
1. *(orv.)* prescription
2. *(főzés)* recipe
pre-**szkrip**-s"n, **re**-sz"-pi

református
Reformed
ri-**formd**

regény
novel
nà-v"l

reggel
1. *(főnév)* morning
2. *(hat.)* in the morning
in-d"' **mór**-ning

reggeli
breakfast
brek-f"szt

régi
old
óld

rekedt
hoarse
hórsz

reklám
publicity
pàb-**li**-szi-ti

remek
splendid
szplen-did

remélni
to hope
tu hóp

remélhetőleg
hopefully
hóp-fu-li

reménytelen
hopeless
hóp-lesz

rémes
terrible
te-ri-b"l

rend, rendelés
order
ór-d"r

Rendben van!
All right! Okay
ól-rájt, ó-**ké**

rendelni
to order
tu **ór**-d"r

rendetlenség
disorder
di-**szor**-d"r

rendkívüli
extraordinary
eksz-trȧ-**ór**-di-n”-ri
rendőr
policeman
po-**lísz**-men
rendőrőrs
police station
po-**lísz szté**-s”n
RENDŐRSÉG
Police
po-**lísz**
rendszámtábla
number plate
nȧm-b”r-plét
rendszer
system
(pol.) regime
szisz-tem, re-**zsím**
rendszerint
as a rule, usually
ez-e-**rúl**, **jú**-zsu-e-li
repülni
to fly
tu fláj
repülőgép
plane
plén
repülőtéri autóbusz
airport bus
eer-port-bȧsz
rész/ben/
part/ly/
párt-li
részlet
detail
dí-tél
részletesen
in detail
in **dí**-tél
részt venni
to take part in
tu ték párt
retek
radish
re-dis
retikül
hand-bag
hend-beg
rettenetes
terrible
te-ri-b”l
retúrjegy
(GB) return-ticket
(US) round-trip ticket
ri-**törn/raund**-trip-**ti**-kit
reuma
rheumatism
rú-mȧ-ti-z”m
revü
variety show
ve-**rá**-je-ti só

réz
1. *(vörös)* copper
2. *(sárga)* brass
kȧ-p"r, brássz

ribizli
red currant
red-**kö**-rent

riporter
reporter
ri-**pór**-t"r

ritka, ritkán
seldom
szel-dom

rizs
rice
rájsz

róka
fox
fȧksz

rokon(ok)
relative(s)
re-lȧ-tivz

Rokonoknál vagyok látogatóban.
I am visiting my relatives
áj em **vi**-zi-ting máj **re**-lȧ-tivz

rokonszenves
sympathetic
szim-pȧ-**t'e**-tik

róla
(férfi) about him
(nő) about her
e-**baut** him, hör

rom
ruin
rú-in

római katolikus
Roman Catholic
ró-men **ke**-t'o-lik

Románia
Roumania
ru-**mé**-njȧ

rossz
bad
bed

Rossz vonatra szálltam.
I took the wrong train.
áj **tuk** d'" **rȧng** trén

rosszabb
worse
wörsz

Rosszul érzem magam.
I feel unwell.
áj fíl **ȧn**-wel

rózsa
rose
róz

rózsaszín
pink
pink

rozsda
rust
rászt
rozsdamentes acél
stainless steel
sztén-lesz-**sztíl**
rozs/kenyér/
rye/-bread/
ráj-bred
rögtön
at once
et-**wánsz**
röntgen
X-ray
eksz-réj
rövid
short
sort
rövidesen
before long
bi-**fór** láng
rövidhullám
short wave
sort-wév
rövidítés
abbreviation
e-bri-vi-**é**-s"n
rövidített
abbridged
e-**bridzsd**
rövidlátó
short-sighted
sort-száj-tid
rúgás
kick
kik
rugó
spring
szpring
ruha
dress
dressz
ruhatár
cloak-room
klók-rúm
ruházat
clothing
kló-d'ing
rum
rum
rám
rúzs
lipstick
lip-sztik

S

Sajnálom!
I'm sorry!
ájm **szȧ**-ri

sajnos
unfortunately
ȧn-**for**-csö-net-li

sajt
cheese
csíz

sajtó
press
presz

sakk
chess
csesz

sakkozni
to play chess
tu **pléj** csesz

sál
scarf
szkárf

saláta
1. *(zöld)* lettuce
2. *(ecetes)* salad
le-t"sz, **sze**-led

sapka
cap
kep

sár/os/
mud/dy/
mȧd-i

sárga
yellow
je-ló

sárgadinnye
cantaloupe
ken-te-lúp

sárgarépa
carrot
ke-rot

sarok
1. *(utca)* corner
2. *(láb, cipő)* heel
kór-n"r, híl

sas
eagle
í-g"l

sátor
tent
tent

sáv
1. *(csík)* stripe
2. *(országút)* lane
sztrájp, lén

savanyú
sour
szaur

seb
wound
wund

sebesség
speed
szpíd

sebész
surgeon
ször-dzs"n

segíteni
to help
tu help

Segíthetek?
May I help you?
méj-áj-**help**-jú

Segítene nekem…
Would you help me
wud-jú **help**-mí

segítség
help
help

sehol
nowhere
nó-weer

sekély
shallow
se-ló

selyem
silk
szilk

sem …. sem
neither …. nor
(GB) **náj**-d'ör …. **nor**
(US) **ní**-dör …. **nor**

semleges
neutral
njút-r"l

semlegesség
neutrality
njút-**re**-li-ty

semmi(t)
nothing
nå-t'ing

semmi esetre sem
by no means
báj-**nó**-mínz

senki(t)
nobody
nó-bå-di

sérülés
injury
in-dzsö-ri

sérült
1. *(személy)* injured
2. *(tárgy)* damaged
in-dzsörd, **de**-midzsd

sétahajó
pleasure boat
ple-zsör-bót
sétálni
to take a walk
tu **ték** e **wók**
Sietek
I am in a hurry
áj-em-in-e- *(GB)* **hȧ**-ri/ *(US)* **hö**-ri
Siess/en/!
Hurry up!
hȧ-ri/**hö**-ri ȧp
sík
plain, even
plén, **í**-ven
siker
success
szȧk-**szesz**
sikerülni
to succeed
tu szȧk-**szíd**
Nem **sikerült** felhívnom őt.
I didn't succeed in calling him.
áj **did"nt** szȧk-**szíd** in **kó**-ling him
Nem **sikerült** a házasságom.
My marriage failed.
máj **me**-ridzs **féld**
síkság
plain
plén
sima
smooth
szmúd'
Skócia
Scotland
szkȧt-lend
skót *(főnév)*
Scotsman
szkȧtsz-men
sláger
hit(-song)
hit-szȧng
slusszkulcs
ignition key
ig-**ni**-s"n **kí**
só
salt
szólt
sofőr
driver
dráj-v"r
sógor
brother-in-law
brȧ-d'ör-in-**ló**
sógornő
sister-in-law
szisz-tör-in-**ló**

soha /többé/
never /again/
ne-vör e-**gén**

sok
much/many
mȧcs/**me**-ni

sokáig
for a long time
for-e-**lȧng**-tájm

sokan
many people
me-ní **pí**-p"l

sokszor
many times
me-ni-tájmz

sonka
ham
hem

sor
row
ró

sort(nadrág)
Bermuda shorts
bör-**mú**-dȧ-**sortsz**

sós
salty
szól-ti

sóska
sorrel
szo-r"l

sovány
1. *(ember)* thin
2. *(hús)* lean
t'in, lín

sör
beer
bír

sörnyitó
bottle-opener
bȧ-t"l-**ó**-p"-ner

söröző
beer-house
bír-hausz

sőt
even
í-v"n

sötét
dark
dárk

spanyol
Spanish
szpe-nis

Spanyolország
Spain
szpén

spárga *(étel)*
asparagus
esz-**pe**-rȧ-g"sz

spenót
spinach
szpi-nics

sport
sport(s)
szportsz
sportoló
sportsman, sportslady
szportsz-men, -lé-di
stadion
stadium
sztéd-j"m
stb.
etc. (et cetera)
et-**sze**-te-rȧ
stílus
style
sztájl
stoplámpa
stop light
sztȧp lájt
strand
beach
bícs
sugár
ray
réj
sugárzás
radiation
re-di-**é**-s"n
súly
weight
wéjt
súlyos *(átv.)*
grave
grév
süket
deaf
def
sült
1. *(hús)* roast
2. *(tészta)* baked
rószt, békt
sürgős
urgent
ör-dzs"nt
sütemény
cake, pastry
kék, **pészt**-ri
sütni
1. *(sütőben)* to bake
2. *(zsírban)* to fry
tu bék, fráj
sütő
oven
ȧ-v"n
Svájc
Switzerland
szwi-cer-lend
Svédország
Sweden
szwí-d"n

szabad
free
frí
Szabad [ezt elvennem]?
May I [take this]?
mé-áj **ték** d'isz
szabadidő
leisure time
(GB) **le**-zs"r tájm
(US) **li**-zs"r tájm
szabadság
freedom, *(nyári)* holiday
frí-d"m, **há**-li-déj
szabadtéri színpad
open-air theater
ó-pen-eer **t'i**-e-t"r
szabály
rule
rúl
szabó
tailor
té-l"r
szag
smell
szmel
száj
mouth
maut'
szakács(nő)
cook
kuk
szakáll
beard
bírd
szakállas
bearded
bír-did
szakasz *(vonat)*
compartment
k"m-**párt**-ment
szakember
expert
eksz-pört
szakirodalom
professional literature
pro-**fe**-sö-n"l **lit**-ri-csör
szakszervezet
trade union
tréd **jú**-ni-"n
szalag
ribbon
ri-b"n
szállás
accommodation
e-ko-mo-**dé**-s"n
szállítani
to transport
tu trensz-**pórt**
szálloda
hotel
hó-**tel**

szalonna
bacon
bé-k"n
szalvéta
napkin
nep-kin
szám
number
nám-b"r
... számára
for **...**
for
számítógép
computer
k"m-**pjú**-tör
számla
bill, invoice
bill, **in**-vojsz
számolni
to count
tu kaunt
szándék
intention
in-**ten**-s"n
szándékosan
on purpose
àn **pör**-pösz
szappan
soap
szóp
száraz
dry
dráj
száraz (vegy)tisztítás
dry cleaning
dráj-klí-ning
szárny
wing
wing
szárnyashajó
hydrofoil
hájd-ro-fojl
száz
hundred
hànd-rid
század
century
szen-csö-ri
százalék
per cent
pör-**szent**
szebb
nicer
náj-sz"r
szédülés
dizziness
di-zi-nesz
szédülök
I feel dizzy
áj-**fíl di**-zi

szeg
nail
nél
szegény
poor
púr
szegfű
carnation
kár-**né**-s"n
szék
chair
cseer
székesegyház
cathedral
ke-**t'íd**-r"l
székhely
seat, headquarter(s)
szít, **hed**-kwó-t"rz
szél
wind
wind
Fúj a **szél**.
The wind is blowing.
d"'-**wind**-iz **bló**-ing
szeles
windy
win-di
széles
wide
wájd
szelet
slice
szlájsz
szélvédő
(GB) windscreen
(US) windshield
wind-szkrín, -síld
szem
eye(s)
ájz
személy
person
pör-szön
személyazonossági ig.
identity card
áj-**den**-ti-ti **kárd**
személyes
personal
pör-szö-n"l
személyes használatra
for personal use
for **pör**-szö-n"l **júz**
személyesen
in person
in-**pör**-szön
szemüveg
glass(es), spectacle(s)
glá-sziz, **szpek**-ti-k"lz
szén
coal
kól

szendvics
sandwich
szend-vics
szent
holy
hó-li
szenzáció/s/
sensation/al/
szen-**szé**-sö-n"l
szép
beautiful, pretty
bjú-ti-ful, **pri**-ti
szerelem
love
làv
Szerelmes vagyok Önbe/beléd.
I am in love with you.
áj-em in-**làv** wid'-**jú**
szerelő
mechanic
me-**ke**-nik
szerencse
luck
làk
szerencsés
lucky
là-ki
szerény
modest
ma-deszt
szeretet
love
làv
szeretni
to love
tu làv
Nagyon **szeretem** őt.
I love him/her so.
áj-**làv**-him/hör **szó**
Szeretek [olvasni].
I like to [read].
áj **lájk** tu **ríd**
szeretnék ....
I should like/I'd like to...
áj-sud-**lájk/ájd-lájk** tu
Szeretném megkérdezni/tudni...
I'd like to ask/to know...
ájd-lájk-tu-**ászk**/tu-**nó**
szikla
rock
ràk
szilárd
firm
förm
szilva
plum
plàm
szimfonikus zenekar
symphonic orchestra
szim-**fà**-nik **or**-keszt-rà

szín
colo(u)r
kȧ-lör

színes film/kép/tévé
colo(u)r film/photo/tv
kȧ-lör film/**fó**-tó/**tí**-ví

színész
actor
ek-tör

színésznő
actress
ek-tresz

SZÍNHÁZ
theater
t'í-e-t"r

szinkronizált
dubbed
dȧbd

színpad
stage
sztédzs

színtelen
colo(u)rless
kȧ-lör-lesz

szív
heart
hárt

szivacs
sponge
szpȧndzs

szivar
cigar
szi-**gár**

szívbeteg /vagyok/
/I am a/ heart-patient
áj-em-e-**hárt**-**pé**-s"nt

szívesség
favo(u)r
fé-vör

Tenne nekem egy **szívességet**?
Will you do me a favo(u)r?
wil-jú-**dú**-mí-e-**fé**-vör

szó
word
wörd

szoba
room
rúm

szobaszám
room number
rúm-nȧm-b"r

szobor
statue
szte-tjú

szocialista
socialist
szó-s"-liszt

szódavíz
soda-water
szó-dȧ-**wó**-t"r

szokásos
usual
jú-zsu-"l
szokatlan
unusual
ȧn-**jú**-zsu-"l
szoknya
skirt
szkört
szomjas
thirsty
t'örsz-ti
szomorú
sad
szed
szomszéd
neighbo(u)r
né-bör
...-szor, -szer, -ször
... times
tájmz
szórakozás
amusement
e-**mjúz**-ment
szórakoztató
amusing
e-**mjú**-zing
szósz
gravy
gré-vi

szótag
syllable
szi-lȧ-b"l
Szovjetunió
the Soviet Union
d'" **szóv**-jet-**jú**-ni-"n
szökőkút
fountain
faun-ten
szőlő
grape
grép
szőnyeg
(GB) carpet
(US) rug
kár-pit, rȧg
szőr
hair
heer
szőrme
fur
för
szöveg
text
tekszt
szövet
cloth
klat'
szövetkezet
cooperative
kó-**a**-p"-rȧ-tiv

szúnyog
mosquito
mosz-**kí**-tó
szűk
narrow
(ruha) tight
ne-ró, tájt
Szükségem van [segítség]re!
I need [help]
áj-**nid-help**
szükséges
necessary
ne-sze-sz”-ri
szükségtelen
unnecessary
àn-**ne**-sze-sz”-ri
születés
birth
bört’
születésnap
birthday
bört’-déj
szülők
parents
pe͜e-rentsz
szürke
gray, grey
gréj

T

T
Learner driver, L
lör n”r-**dráj**-v"r
tabletta
pill
pil
tábortűz
camp-fire
kemp-fá-j”r
tag
member
mem-bör
tájkép
landscape
lend-szkép
tájékoztatás/ul/
/for your/ information
for-jor-in-for-**mé**-s”n
tájékoztatni
to inform
tu in-**fórm**
takaró
blanket
blen-ket

tál
dish
dis
talaj
soil
szojl
találkozni
to meet
tu mít
Hol **találkozzunk**?
Where can we meet?
weer-ken-wi **mít**
Találkoztam X. úrral.
I met Mr. X.
áj-**met Misz**-t"r X.
találni
to find
tu fájnd
Hol találok egy ....-t?
Where can I find a ....
weer-ken-áj **fájnd**-e
TALÁLT TÁRGYAK
Lost Property
lászt prá-per-ti
talán
perhaps
pör-**hepsz**
tálca
tray
tréj
talp *(cipő, láb)*
sole
szól
tanács
advice
ed-**vájsz**
tanácsháza
town hall
taun-hól
tanár
teacher
tí-cs"r
tánc
dance
dánsz
táncolni
to dance
tu dánsz
tanfolyam
course
kórsz
tanítani
to teach
tu tícs
tankolni
to fill up
tu fil-**áp**
tanulmányút
study tour
sztá-di-**túr**

tanulni
to learn
tu lörn
tányér
plate
plét
tapasztalat
experience
iksz-**pí**-ri-ensz
tapasztalt
experienced
iksz-**pí**-ri-enszd
taps
applause
e-**plóz**
tárcsázni
to dial
tu **dá**-jel
tárgy *(téma)*
subject
száb-dzsekt
tárgyalás
talks
tóksz
tarifa
rate, fee
rét, fí
tárolás
storage
sztó-ridzs
társadalom
society
szo-**szá**-je-ti
társadalombiztosítás
social security
szó-s"l sze-**kjú**-ri-ti
társaság
society
szo-**szá**-je-ti
tartalék
reserve
ri-**zörv**
tartalom
contents
kán-tentsz
tartály
tank, container
tenk, kon-**té**-n"r
tartani
to hold
tu hóld
Tartsa a vonalat!
Hold the line, please!
hóld-d'"-**lájn**, plíz
Tartsa egy percre!
Hold it for a minute!
hóld-it for-e-**mi**-nit
Tartozik nekem [5 dollár]-ral!
You owe me [5 dollars]!
ju **ó**-mí fájv-**da**-l"rz

tartózkodás
stay
sztéj
tartózkodás ideje
duration of stay
djú-**ré**-s"n-åv-**sztéj**
táska
bag
beg
tavaly
last year
lászt-jír
tavasz
spring
szpring
tavasszal
in spring
in **szpring**
távcső
field-glasses
fíld-glá-sziz
távirat
cable
ké-b"l
TÁVIRATFELVÉTEL
cables
ké-b"lz
táviratozni
to send a cable
tu **szend**-e-**ké**-b"l
távol
far
fár
távollétemben
in my absence
in máj **eb**-szensz
távolság
distance
disz-tensz
távolsági beszélgetés
(GB) trunk call
(US) long distance call
trånk-kól, **long**-disz-tensz-kól
távolsági busz
out of town bus
aut-åv-taun **bász**
távozni
to leave
tu lív
taxi
taxi, cab
tek-szi, keb
taxiállomás
taxi-stand
tek-szi-sztend
taxisofőr
cabdriver
keb-dráj-v"r

te
you
jú

tea
tea
tí

teafőző
tea-kettle
tí-ke-t"l

teáscsésze
teacup
tí-kàp

teáskanna
teapot
tí-pat

téged
you
jú

tégla
brick
brik

tegnap
yesterday
jesz-tör-déj

tehén
cow
kau

teher
load
lód

teherautó
(GB) lorry, *(US)* truck
lo-ri, tràk

tehetséges
talented
te-len-tid

tej
milk
milk

tejtermék
dairy
dé-ri

tejföl
sour cream
szaur krím

tejszín
cream
krím

tejszínhab
whipped cream
wipt-krím

tél
winter
win-t"r

télen
in winter
in-**win**-t"r

tele
full
ful

TELEFON
telephone
te-le-fón
telefonálni
to telephone
tu **te**-le-fón
telefonfülke
phone-booth
fón-bút'
telefonhívás
(tele)phone call
te-le-fón-**kól**
telefonkagyló
receiver
ri-**szí**-v"r
telefonkönyv
telephone directory
te-le-fón-di-**rek**-t"-ri
telefonszám
(tele)phone-number
te-le-fón-**nám**-b"r
televízió
television
te-le-**ví**-zs"n
televíziót nézni
to watch tv
tu **wács tí**-ví
teljesen, teljes egészében
completely
k"m-**plít**-li
teljes ellátás
full board
ful-**bórd**
teljes név
full name
ful-**ném**
temetés
burial
bö-ri-"l
temető
cemetery
sze-met-ri
templom
church
csörcs
tenger
sea
szí
tengerentúl(i)
overseas
ó-vör-**szíz**
tengerpart
seaside, seashore
szí-szájd, **szí**-sór
tenisz
tennis
te-nisz
teniszezni
to play tennis
tu pléj **te**-nisz

teniszpálya
tennis-court
te-nisz-**kórt**

tenni
to do
tu dú

tény
fact
fekt

tér(ség)
space
szpész

térd
knee
ní

TERELŐÚT
Detour
dí-túr

terem
hall
hól

terhes *(nő)*
pregnant
preg-n"nt

térkép
map
mep

termálfürdő
thermal bath
t'ör-m"l **bát'**

termék
product
prȧ-dȧkt

termelés
production
pro-**dȧk**-s"n

termés
crop
krȧp

természet
nature
né-csör

természetesen
of course
ȧf-**kórsz**

természettudományok
natural sciences
ne-csö-r"l **szá**-jen-sziz

TERMÉSZETVÉDELMI TERÜLET
Reservation
ri-zör-**vé**-s"n

tértijegy
(GB) return ticket
(US) roundtrip ticket
ri-**törn/raund**-trip **ti**-kit

terület
territory
ter-ri-t"-ri

terv
plan
plen

Tessék! (itt van)
Here you are!
hír-jú-ár
Tessék?
I beg your pardon?
áj-**beg**-jor **pár**-d"n
test
body
bà-di
testvér *lásd* fivér, nővér
teteje
top
tap
tetszeni
to like
tu lájk
Hogy **tetszik**?
How do you like it?
hau-du-jú **lájk**-it
teve
camel
ke-m"l
tévedés/ből/
/by/ mistake
báj-misz-**ték**
Tévedtem
I was wrong
áj-woz-**ràng**
tevékenység
activity
ek-**ti**-vi-ti
tévékészülék
tv-set
tí-ví-szet
tévéműsor
tv-program(me)
tí-ví-**pró**-gr"m
téves kapcsolás
wrong number
rang **nàm**-b"r
ti, titeket
you
jú
tied, tietek
yours
jorz
tigris
tiger
táj-g"r
TILOS AZ ÁTJÁRÁS
No trespassing
nó tresz-pà-szing
TILOS A BEMENET!
No admittance!
nó ed-**mi**-tensz
TILOS A DOHÁNYZÁS!
No smoking!
nó szmó-king
TILOS A FÜRDÉS!
No swimming!
nó szwi-ming

TILOS A PARKOLÁS!
No parking!
nó pár-king
tiltakozni
to protest
tu pra-**teszt**
tipikus
typical
ti-pi-k"l
típus
type
tájp
tiszt
officer
å-fi-ször
tiszta
pure; (szoba) clean
pjúr, klín
Tisztelt X. úr!
Dear Mr. X.
dír **misz**-t"r X.
TISZTÍTÓ
Dry Cleaner
dráj-klí-n"r
tisztviselő
clerk
(GB) klárk, *(US)* klörk
titkárnő
secretary
szek-re-t"-ri
tíz
ten
ten
tizedik
tenth
tent'
tizenegy
eleven
i-**le**-v"n
tizenhárom
thirteen
t'ör-**tín**
tizenhat
sixteen
sziksz-**tín**
tizenkettő
twelve
twölv
tizenkilenc
nineteen
nájn-**tín**
tizennégy
fourteen
for-**tín**
tizennyolc
eighteen
éj-**tín**
tizenöt
fifteen
fif-**tín**

tó
lake
lék
toalett *(WC)*
lavatory
le-v"-t(ó)-ri
tojás
egg
eg
...-tól, -től
from **...**
fråm
toll
feather
fe-d'ör
tolmács
interpreter
in-**tör**-pre-tör
tolmácsolni
to interpret
tu in-**tör**-pret
TOLNI
Push
pus
tolókocsi
wheel-chair
wîl-cseer
tolvaj
thief
t'íf
torlódás
traffic jam
tre-fik dzsem
torma
horse-radish
horsz-re-dis
torna
gymnastics
dzsim-**nesz**-tiksz
tornacipő
gym shoes
dzsim-súz
torok
throat
t'rót
torokfájás
sore throat
szór t'rót
torony
tower
tau-ör
torta
cake
kék
tovább
further
för-d'er
Nem tudok **tovább** várni.
I cannot wait any longer.
áj **ke**-nåt wét e-ni **lån**-g"r

továbbad, továbbít
to pass on
tu pász **ȧn**

több /mint/
more /than/
mór d'en

Nincs több!
No more!
nó mór

többé-kevésbé
more or less
mór or **lesz**

többek között
among others
e-**mȧng ȧ**-d'örsz

a többiek
the others
d'i **ȧ**-d'örz

többnyire
mostly
mószt-li

többség
majority
me-**dzso**-ri-ti

többször
several times
sze-ve-r"l **tájmz**

tökéletes
perfect
pör-fikt

tőle
from him/her
frȧm **him/hör**

tölgy
oak
ók

tölteni
1. *(folyadékot)* to pour
2. *(időt)* to spend
tu púr, tu szpend

töltött
stuffed
sztȧft

tömeg
crowd
kraud

tömegkommunikáció(s eszközök)
mass media
mász mí-di-ȧ

TÖRÉKENY
fragile
fre-dzsájl

törni
to break
tu brék

török
Turkish
tör-kis

Törökország
Turkey
tör-ki

törött
broken
bró-k"n
történelem
history
hiszt-ri
történelmi
historical
hisz-**ta**-ri-k"l
történet
story
sztó-ri
történni
to happen
tu **he**-p"n
Mi **történt**?
What happened?
wát he-p"nd
törülköző
towel
tau-"l
törvény
law
ló
törvényes
legal
lí-g"l
TRAFIK
tobacconist, tobacco shop
t"-**be**-k"-niszt, t"-**be**-kó sáp
tragédia
tragedy
tre-dzsö-di
tragikus
tragical
tre-dzsi-k"l
tranzitvízum
transit visa
tren-zit **ví**-zá
tréfa
joke
dzsók
tréfálni
to joke
tu dzsók
trolibusz
trolley-bus
tro-li-bász
trombita
trumpet
trám-pet
TSZ
farmer's cooperative
fár-merz kó-**a**-p"-r"-tiv
tubus
tube
tjúb
tucat
dozen
dá-z"n

tudni
1. *(ésszel)* to know
2. *(képes lenni)* can
tu nó, ken
Tudom, hogy ....
I know that ....
áj nó d'et
Nem **tudom**.
I don't know.
új **dont** no
Meg **tudom** érteni, hogy ....
I can understand that ....
áj ken ȧn-dör-**sztend** d'et
Nem **tudom** [felemelni ezt a táskát].
I cannot [lift this bag].
áj **ken**-nȧt **lift** d'isz **beg**
Nem **tudok** segíteni Önnek.
I can't help you.
(GB) áj **kánt**
(US) áj **keent** help jú
TUDAKOZÓ
Inquiries
in-**kwá**-j"-riz
tudomány
science
szá-jensz
tudományos
scientific
szá-jen-ti-fik
... túl
beyond **...**
bi-jȧnd
túl sok/kevés/kicsi/nagy
too much/little/small/big
tú mȧcs/**li**-t"l/szmól/big
tulipán
tulip
tjú-lip
túlsúly
excess weight
ek-**szesz** wéjt
túra
tour
túr
turista
tourist
tu-riszt
túró
curds
kördz
tű
needle
ní-d"l
tüdő
lungs
lȧngz
tüdőgyulladás
pneumonia
nju-**mó**-ni-ȧ

tükör
looking glass/mirror
lu-king glász/**mi**-r"r

tükörtojás
fried eggs
frájd egz

türelem
patience
pé-s"nsz

türelmes
patient
pé-s"nt

türelmetlen
impatient
im-**pé**-s"nt

tűz
fire
fá-j"r

tűzijáték
fireworks
fá-j"r-**wörksz**

TŰZOLTÓK
(GB) fire brigade
fá-j"r bri-**géd**
(US) fire department
fá-j"r di-**párt**-ment

tyúk
hen
hen

U

uborka
cucumber
kjú-kåm-b"r

udvar
yard
járd

udvarias
polite
po-**lájt**

udvariatlan
impolite
im-po-lájt

ugrani
to jump
tu dzsåmp

ugyanakkor
at the same time
et-d"' **szém** tájm

ugyanaz(t)
the same
d"' szém

ugyanis
namely
ném-li

úgynevezett
so-called
szó-**kóld**

új
new
njú

újból
again
e-**gén**

Újév
New Year's Day
njú-**jírz**-déj

ujj (kézen)
finger
fin-g"r

újra
again
e-**gén**

újság, hír
news
njúz

Mi **újság**?
What's news?
wåtsz njúz

újság *(lap)*
newspaper
njúz-pé-p"r

újságíró
journalist
dzsör-n"-liszt

unalmas
dull
dåll

unoka
grandchild
grend-csájld

[X] **úr**
Mr. [X]
misz-t"r

Uram!
Sir!
szőr

URAK
Gentlemen
dzsen-t"l-men

URH
FM, VHF

úszás
swimming
szwi-ming

úszni
to swim
tu szwim

uszoda
swimming pool
szwi-ming-púl

úszósapka
swiming cap
szwi-ming kep

út
way
wéj
...után
after **...**
áf-tör
Csak Ön **után**!
After you!
áf-tör **jú**
utánvéttel
C.O.D. (cash on delivery)
szí-ó-di, **kes**-an-de-**li**-v"r-i
utas
passenger
pe-szen-dzsör
utazás
journey, travel
dzsör-ni, **tre**-v"l
utazási iroda
travel agency
tre-v"l-**é**-dzsen-szi
utazni
to travel
tu **tre**-v"l
utca
street
sztrít
útelágazás
road junction
ród-**dzsánk**-s"n
ÚT ELZÁRVA
Road closed
ród klózd
ÚTÉPÍTÉS
ROAD WORKS
ród-wörksz
útiköltség
fare
feer
útkereszteződés
intersection
in-t"r-**szek**-s"n
útlevél
passport
pász-port
útlevélvizsgálat
passport control
pász-port k"n-**tról**
utolsó
last
lászt
útvonal
route
rút

Ü

üdítőitalok
refreshments
ri-**fres**-mentsz
üdülőhely
holiday resort
há-li-déj ri-**zórt**
üdvözölni
to greet
tu grít
üdvözlés
greeting
grí-ting
üdvözlettel
best regards
beszt ri-**gárdz**
ügy
affair
e-**feer**
ÜGYELJÜNK A TISZTASÁGRA!
No littering.
nó li-t"r-ing
ügyes
clever
kle-v"r
ügyvéd
lawyer
ló-j"r
ülés *(hely)*
seat
szít
ülni
to sit
tu szit
Hol **ül** Ön?
Which is your seat?
wics-iz jor szít
ünnepelni
to celebrate
tu **sze**-l"-brét
ünnepnap
holiday
há-li-déj
űr
space
szpész
üres
empty
em-ti
űrhajó
space-ship
szpész-sip
űrkutatás
space-research
szpész-ri-szörcs

űrlap
form
form
ürmös
vermouth
vör-mút
ütni
to beat
tu bít
üveg
1. *(anyag)* glass
2. *(palack)* bottle
glász, **bȧ**-t"l
üzemanyag
fuel
fjú-"l
üzenet
message
me-szidzs
üzlet
business
biz-nisz
üzletember
businessman
biz-nisz-men

V

vacsora
supper
szȧ-p"r
vad *(főnév)*
game
gém
vadász
hunter
hȧn-t"r
vadászni
to hunt
tu hȧnt
vágni
to cut
tu kȧt
vagy
or
or
vagy .... vagy
either .... or
áj-d'ör (*US:* **í**-d'ör) .. **or**
vágy
desire
di-**zá**-j"r

vagyok
I am
á-jem
vagyunk
we are
wí-ár
vaj
butter
bå-tör
vak
blind
blájnd
vaku
flash(gun)
fles-gån
-val, -vel
with ...
wid'
valahogyan
somehow
szåm-hau
valahol
somewhere
szåm-weer
valaki
somebody
szåm-bå-di
valami(t)
something
szåm-t'ing
válasz
answer
án-ször
választani
to choose
tu csúz
választások
elections
i-**lek**-sönz
váll
shoulder
sól-d"r
vállalat
company
kåm-pe-ni
vallás
religion
ri-**lí**-dzs"n
vallásos
religious
ri-**li**-dzs"sz
vállfa
hanger
hen-g"r
valódi
real
ríl
valószínűleg
probably
prá-beb-li

válság
crisis
kráj-szisz
változatlan
unchanged
àn-**cséndzsd**
változni
to change
tu cséndzs
valuta
currency
kà-ren-szi
vám
customs
kàsz-t"mz
vámkezelés
customs clearance
kàsz-t"mz-**klí**-rensz
vámmentes /bolt/
taxfree /shop/
teksz-frí-**sàp**
van
is
iz
vár
castle
ká-sz"l
váratlan/ul/
unexpected/ly/
àn-iksz-**pek**-tid-li
varieté
variety show
ve-**rá**-je-ti-só
várni
to wait
tu wét
Várj(on) rám!
Wait for me!
wét-for-mí
várólista
waiting list
wé-ting-liszt
város
town, *(nagy)* city
taun, **szi**-ti
városközpont
town center/centre
taun-szen-tör
városnézés
sightseeing
szájt-szí-ing
VÁRÓTEREM
waiting room
wé-ting-rúm
varrni
to sew
tu szó
vas
iron
áj-ron

vasalni
to iron
tu **áj**-r"n
vasaló
iron
áj-r"n
vásár
fair
feer
vásárlás
shopping
sȧ-ping
vásárolni
to buy
tu báj
vastag
thick
t'ik
vasút/állomás/
(GB) railway /station/
(US) railroad /station/
rél-wé/**rél**-ród-**szté**-s"n
vászon
linen
li-n"n
vatta
cotton-wool
kȧ-t"n-wúl
váza
flower vase
flau-ör véz
vécé
lavatory
le-v"-t(ó)-ri
vécépapír
toilet paper
toj-let-**pé**-p"r
védeni
to defend
tu di-**fend**
vég(e)
end
end
vegetáriánus
vegetarian
ve-dzsi-**tee**-ri-en
végleges
final
fáj-n"l
végösszeg
total sum
tó-t"l-szȧm
végre
at last
et-**lászt**
végtagok
limbs
limz
végül
finally
fáj-n"-li

végzettség
qualification
kvå-li-fi-**ké**-s"n
vékony
thin
t'in
vélemény
opinion
o-**pin**-jön
véleményem szerint
in my opinion
in-máj-o-**pin**-jön
véletlenül
incidentally
in-szi-**den**-t"-li
vendég
guest
geszt
VENDÉGLŐ
restaurant
resz-to-rån
venni *(vásárolni)*
to buy
tu báj
Mit akar ***venni****?*
What do you want to buy?
wåt-du-ju-**wånt**-tu-**báj**
Vegyen *(még)!*
Help yourself!
help-jor-**szelf**
vér
blood
blåd
vérnyomás
blood-pressure
blåd-pre-sör
vers
poem
pó-em
verseny
contest, competition
kån-teszt, kam-pe-**ti**-s"n
vérzés
bleeding
blí-ding
vese/kő/
kidney/stone/
kid-ni-sztón
veszély/es/
danger/ous/
dén-dzsör-ösz
VÉSZKIJÁRAT
emergency exit
e-**mör**-dzs"n-szi-**eg**-zit
vezetni
to lead
tu líd
vezető
leader
lí-der

vicc
joke
dzsók

vicces
funny
fá-ni

vidéken
in the country
in-d'" **kán**-tri

vigjáték
comedy
ká-mö-di

VIGYÁZAT!
Caution!
kó-s"n

VIGYÁZAT! AUTÓ
Beware of traffic!
bi-**weer**-áv-**tre**-fik

VIGYÁZAT! LÉPCSŐ
Mind the steps!
májnd-d'"-**sztepsz**

VIGYÁZAT! A TETŐN DOLGOZNAK!
Danger! Work overhead!
dén-dzsör, **wörk-ó**-vör-hed

Vigyázz!
Look out!
luk-**aut**

VIGYÁZZ, HA JÖN A VONAT!
Beware of the train!
bi-**weer**-áv-d'"-**trén**

vihar
storm
sztorm

világ
world
wörld

az egész **világon**
all over the world
ól ó-vör-d'"-**wörld**

világbajnok/ság/
world champion/ship/
wörld-csem-pjön-sip

világháború
world war
wörld-wór

világkiállítás
world exhibition, World's Fair
wörld-eg-zi-**bi**-s"n, wörldz feer

világos *(szín)*
bright
brájt

villa
fork
fórk

villamos
(GB) tram,
(US) streetcar
trem, **sztrít**-kár

villanyborotva
electric razor
i-**lek**-trik-**ré**-z"r
villanykörte
bulb
bàlb
vinni
to carry
tu **ke**-ri
virág
flower
flau-"r
VIRÁGBOLT
flower-shop
flau-"r-sàp
virágvasárnap
Palm Sunday
pám-szàn-dé
virsli
Vienna sausage
vi-**e**-nà-**szà**-szidzs
viselkedés
behavio(u)r
bí-**hév**-jor
Viszont kívánom!
The same to you!
d"' **szém**-tu-**jú**
Viszontlátásra!
So long! Bye-bye!
Szó-long, **báj**-báj
vissza
back
bek
visszaadni
to give back, to return
tu **giv**-bek, tu ri-**törn**
visszafelé
backwards
bek-wördz
visszafordulni
to turn back
tu **törn**-bek
a **visszajáró pénz**
the change
d"'-**cséndzs**
visszapillantó tükör
rearview mirror
rír-vjú-**mi**-r"r
visszatéríteni *(pénzt)*
to refund
tu ri-**fànd**
visszatérni
to return
tu ri-**törn**
vitorláshajó
sailing boat
szé-ling-bót
vitorlázás
sailing
szé-ling

vívás
fencing
fen-szing

víz
water
wó-t"r

vízibusz
water bus
wó-t"r-bász

vízisí/elés/
water-ski/ing/
wó-t"r-**szkí**-ing

vízum
visa
ví-zá

vízumot kérni
to apply for visa
tu e-**pláj** for-**ví**-zá

vizsga
examination, exam
ig-ze-mi-**né**-s"n, ig-**zem**

vizsgázni
to pass an exam
tu **pász** en ig-**zem**

volt
(ő) was, (Ön) were
waz, wör

voltam
I was
áj-waz

vonal
line
lájn

vonat
train
trén

vontatni
to tow
tu tó

vőlegény
fiancé
fi-án-szé

völgy
valley
ve-li

vörös/bor/
red /wine/
red wájn

Vöröskereszt
Red Cross
red-krász

WC
lavatory
le-v"-t(ó)-ri

Z

zab
oat
ót

zabpehely
oat-flakes
ót-fléksz

zacskó
bag
beg

zaj
noise
nojz

zajos
noisy
noj-zi

zakó
coat
kót

zápor
shower
sau-"r

zár
lock
låk

záróra
closing time
kló-zing **tájm**

ZÁRVA
Closed
klózd

zászló
flag
fleg

zavarni
to disturb
tu disz-**törb**

Zavarhatom?
May I disturb you?
mé-áj disz-**törb** jú

zebra
zebra
zíb-rå

zeller
celery
sze-l"-ri

zene
music
mjú-zik

zenekar
orchestra
or-keszt-rå

zokni
socks
szåksz

zongora
piano
pjá-nó
zöld
green
grín
ZÖLDSÉG
vegetable(s)
ve-dzs(i)-te-b”lz
zsákutca
dead end street
ded-end-**sztrít**
zseb
pocket
pȧ-kit
zsebkendő
handkerchief
hen-kör-csíf
zseblámpa
flashlight
fles-lájt
zsidó
Jew/ish/
dzsú-is
zsinagóga
synagogue
szi-nȧ-góg
zuhany
shower
sau-”r

MÉRTÉKEK ÁTSZÁMÍTÁSA

Rövid összefoglalás az előforduló nevekről:
ounce (ansz), rövidítve: oz (többes számban: ozs)
pound (paund) = 16 ozs; magyarul font (az angol pénz neve is), rövidítve: £b, £bs

stone (sztón) = 14 £bs
pint (pájnt)
quart (kvort) = 2 pints
gallon GB = 4,5 l., US = 3,7 l.
inch (incs), magyarul hüvelyk (vagy coll),
foot (fut), (többes számban: feet = fít) magyarul: láb = 12 hüvelyk
yard (járd) = 3 feet
mile (májl); magyarul mérföld

Hosszmértékek

Testmagasságát az angolszász ember lábban és inch-ben fejezi ki. Írásban a lábat ', az inch-et " jel jelöli. Szóban az inch-et nem mondják ki. (Pl. 5' 8" = 5 láb 8 inch, kimondva: five feet eight.)

5 feet 4 magasság = kb. 160 cm,
5 feet 10 magasság = kb. 175 cm,
6 feet magasság = kb. 180 cm,
6 feet 4 magasság = kb. 190 cm.

*Szövetvásárlás*kor a *yard* a mértékegység, mely majdnem 1 méter (91 cm), tehát

3 méter szövet = kb. 3 1/2 yard
3 1/2 méter szövet = kb. 4 yard
5 méter szövet = kb. 5 1/2 yard

*Távolság*okhoz mérföld (mile) a mértékegység (= 1,6 km). A számok tehát kb. egyharmaddal kisebbek lesznek, mint amit kilométerben megszoktunk. Az autós turista számára a megengedett legnagyobb sebességet (speed limit) és a legkisebb sebességet (minimum speed) jelző értékek érdekesek:

40 miles = 64 km
60 miles = kb. 100 km (egész pontosan: 96 km)
80 miles = 130 km

Súlyok

10 deka vajként vegyünk 4 ounce-ot (= 12,5 dkg),
25 deka margarinként 8 ounce-ot,
1/2 kg lisztként 1 pound-ot (45 dkg),
1 kg cukorként 2 pound-ot (90 dkg),

Testsúlyok:
Ha valaki azt mondja

az ő súlya	8 stone	ez körülbelül	51 kg,
	10 stone		63,5 kg
	12 stone		76 kg
	13 stone		82,5 kg
	15 stone		95 kg

Űrmérték

Ez a legegyszerűbb, mert
1 pint bő 1/2 liter,
2 pint bő 1 liter (11 deci).
1 quart = 2 pint

Tankolás esetén nagyobb mennyiségekről van szó. Az egység neve: gallon, ám ez nem ugyanannyi liter Angliában, mint az USA-ban *(lásd fentebb!)*, ezért külön adjuk meg, hogy hány gallon benzint kell kérni egyik, ill. másik országban. (A számnév mellett álló + a jelzett liternél valamivel kevesebbet, ++ valamivel többet jelent.)

	GB	US	
10 l benzinnek megfelel	2+ – 2 1/2++	2,5+	gallon
15 l	3,5++	4++	gallon
50 l	11+	13+	gallon

Hőfokok

Ez az a mértékegység, amit ma már többnyire a tízes rendszerben is megadnak. (A Celsius-fok angolul: centigrade = szentigréd.)
Szobahőmérséklet:
70–75 °F (= 20–24 °C)
Külső hőmérséklet
50–60 °F (hűvös, 10–15 °C)
75–85 °F (meleg, 25–30 °C)
95–104 °F (kánikula, 35–40 °C)